柴田元幸翻訳叢書
ジャック・ロンドン

火を熾《おこ》す

STORIES BY

| JACK LONDON |

Selected and Translated by Shibata Motoyuki

スイッチ・パブリッシング

柴田元幸翻訳叢書

Jack London

目次

目次

カバー写真　　　小畑雄嗣
ブックデザイン　緑川　晶

STORIES BY

| JACK LONDON |

Selected and Translated by Shibata Motoyuki

柴田元幸翻訳叢書
ジャック・ロンドン

火を熾《おこ》す

火を熾《おこ》す
To Build a Fire

明けた朝は寒く灰色だった。おそろしく寒い、灰色の日。男はユーコン川ぞいの本道から外れて、高く盛り上がった土手をのぼった。道筋もはっきりしない、人もほとんど通らない道がそこから東へのびていて、太いエゾマツの並ぶ林を抜けている。土手は険しく、男は上までのぼりつめると、時計を見るのを口実に立ちどまって一息ついた。九時。空には雲ひとつないのに太陽は出ておらず、出る気配もない。曇りでもないのに、あらゆるものの表面に見えない帳《とばり》が降りて、微妙な翳《かげ》りが朝を暗くしていた。これもみな太陽が出ていないせいだが、男はべつにそれも気にならなかった。太陽が出ないことには慣れていた。もう何日も太陽を見ていなかったし、まだあと何日かしないと、あの陽気な球体が山並のすぐ上に顔をのぞかせてまたたちまち視界から消えることもないはずだ。

男は来た方角をさっと見返した。ユーコン川は一キロ半の川幅を、一メートル近い氷の下に隠している。さらにこの氷の上に、同じく一メートル近い雪が積もっている。何もかもが真っ白で、川が凍結して詰まり氷《アイスジャム》が出来たところはなだらかにうねっている。北も南も、見渡す限りどこまでも白が続く。そのなかを、毛のように細い線が一本だけ、エゾマツに覆われた島から南へ曲がりくねってのび、北にも曲がりくねってのびた末に、やはりエゾマツに覆われた別の島の陰に消えていた。この黒い毛のような線が道である。これが本道であって、南には八百キロ、チルクート峠、ダイイー、さらにその先の海まで通じており、一方北はドースンまで百キロちょっと、そこからさらに北へ千五百キロのびてヌラートに至り、なお二千五百キロ行ってベーリング海沿岸のセントマイケルにたどり着く。

　だがこうした、延々とのびる神秘的な道も、空に太陽が出ていないことも、すさまじい寒さも、そうした何もかもの不思議さ奇怪さも、男には何の感銘も与えなかった。もう慣れっこになっていたからではない。男はこの地では新参者であり、ここで冬を過ごすのはこれが初めてだった。男の問題点は、想像力を欠いていることだった。人生の諸事を処する上では迅速であり抜かりなかったが、あくまでそれは具体的な事柄に関してであって、それらの意味については頭が働かない。華氏で零下五十度といえば、氷点の八十何度か下ということである。その事実は「寒くて不快」という思いを男のなかに生じさせたが、それだけだった。そこから発展して、体温を有する、一定の暑さ寒さの狭い範囲のなかでしか生きられぬ生き物としての自分のもろさ、あるいは人間一般のもろさに考えが至りはしなかったし、さらにそこから、不死であるとか、宇宙における人間の位置であるとかいった観念の領域に思いを巡らすこともなかった。零下五十度とは、痛みを伴う凍傷を意味し、手袋や耳覆いや暖かい鹿革靴《モカシン》や厚い靴下によって防衛する必要を意味する。男にとって零下五十度は、まさしく零下五十度でしかなかった。そこにそれ以上の意味があるなどという思いは、およそ脳裡に浮かばなかった。

　先へ進もうと前に向き直りながら、男は考え深げに唾を吐いた。と、ぱちんと鋭い、弾けるような音がして男を驚かせた。もう一度唾を吐いた。今度もまた、空中で、雪に落ちる前に唾は弾けた。零下五十度で唾が雪の上で弾けることは男も知っていたが、この唾は空中で弾けたのだ。これはどう見ても零下五十度より寒い。五十度よりどれくらい寒いかはわからない。だが温度などどうでもよかった。男はヘンダスン・クリークの左側の支流にある、仲間たちが一足先に行っている古い採鉱地へ向かっている。彼らはインディアン・クリーク流域から分水嶺《ぶんすいれい》を越えて採鉱地へ行き、男だけは春にユーコン川の島々から丸太が採れる可能性を探ろうと遠回りの道を選んだのだ。六時までには着いて野営できるだろう。たしかに日はその少し前に暮れているだろうが、あっちには仲間たちがいるのだし、火があかあかと燃え、暖かい夕食が出来ているにちがいない。昼食については、上着の下の膨らんだ包みに男は手を押し当てた。上着のさらに下のシャツのなかに弁当が入っていて、ハンカチでくるまれ、素肌にじかに触れているのだ。丸パンを凍らせない方法はこれしかない。一つひとつぱっくり割ってベーコンの脂に浸し、焼いた分厚いベーコンをはさんだそれら丸パンのことを想うと、自然と笑みがこぼれた。

エゾマツの大木が立ち並ぶなかへ、いよいよ入っていった。道はあるかないかという程度だ。この前に誰かの橇《そり》が通ってから、雪が三十センチ積もっていた。自分が橇なしで身軽なのが男は嬉しかった。実際、荷物といえばハンカチで包んだ弁当だけだ。だがそれでも、寒さには驚かされた。かじかんだ鼻と頬骨を、手袋をはめた片手でさすりながら、こいつはたしかに寒い、と思った。男は暖かい頬ひげを生やしているが、顔を覆うその毛も、高い頬骨と、凍てつく空気に向けて喧嘩腰に突き出ている鼻を護れはしない。

男のすぐうしろに、一匹の犬がついて来ていた。大きな土着のエスキモー犬で、掛け値なしの狼犬である。皮は灰色、外見も気質もその兄弟たる野生の狼と少しも変わらない。とてつもない寒さに、犬は気を滅入らせていた。いまは移動などしている場合ではないことを犬は知っていた。判断力が男に伝えたよりも真実の物語を、本能は犬に伝えていた。事実、いまは単に零下五十度より寒いどころではなかった。零下六十度より、零下七十度よりなお寒い、零下七十五度だった。氷点は三十二度であるから、氷点下百七度に達したことになる。温度計などというものを犬はまったく知らなかった。その脳のなかには、男の脳にあるような、極寒の状況というものをめぐる明確な意識もなかっただろう。だが獣《けもの》には獣の本能があった。犬は漠然とした、だが脅威に染められた不安を感じていて、そのせいで大人しく男のうしろにこそこそくっついていたのである。男が野営をはじめるか、もしくはどこかで一息ついて火を熾《おこ》すかを待っているのか、男がいつもとちょっとでも違ったしぐさをするたびに犬はいちいち熱心にその意味を探っていた。犬は火の何たるかを知っていた。そしていま、火を欲していた。でなければ、雪の下にもぐり込んで、冷たい大気から離れてその暖かさを抱え込みたかった。

　犬の吐く息の湿り気が凍って、細かい霜の粉となって毛皮の上に貼りついた。特にあご、鼻づら、睫毛は、結晶になった息に白く染まっていた。男の赤い頬ひげと口ひげにも同じく霜が降りていたが、こっちの霜の方が硬く、堆積物《たいせきぶつ》は氷の形をとり、男が暖かい湿った息を吐き出すたびに量も増えていった。それにまた、男は嚙み煙草を嚙んでいて、氷が口輪のように唇を押さえつけているものだから、汁を吐いたときにあごの汚れを拭うこともままならなかった。その結果、色も硬さも琥珀《こはく》と同じの結晶が、山羊ひげのようにどんどん長くなっていった。もし転んだりしたら、ひげはガラスのように割れて粉々に砕けるだろう。だがそんな付属物が生じたことも気にならなかった。この地で煙草を嚙む人間はみなこれと同じ目に遭うのであり、これまで二度寒波のなかを移動したときも同じだったのだ。まあたしかに前二回はこれほど寒くはなかったが、シックスティ・マイルにあったアルコール温度計によれば、やはり零下五十度、五十五度はあった。

平坦に広がった森を何キロか歩きつづけて、黒い岩が平たく露出している場を横切り、土手を降りていって、水の凍った川床に出た。これがヘンダスン・クリークである。ということは合流点まであと十五キロ。男は時計を見た。十時。一時間に六キロのペースで進んでいるから、合流点に着くのは十二時半だ。着いたら弁当を食べて祝うことにしよう。

男が川床にそって意気揚々歩き出すと、犬がふたたび、がっかりしたように尻尾を垂らしてうしろにくっついてきた。橇の残した筋はいまだはっきり見えたが、その最後の跡も三十センチばかりの雪に覆われている。一か月のあいだ、何の音もしないこのクリークを、誰一人上りも下りもしなかったのだ。男はずんずん歩みを進めた。あまり考えることを好む性質《たち》ではなかったし、特にいまは、考えることといっても、合流点に来たら弁当を食べること、六時には仲間の待つ野営地に着くこと、それだけだった。話し相手もいないし、かりにいたとしても、口を氷にしっかり包まれていて、話すのは無理な相談だっただろう。男はひたすら煙草を嚙みつづけ、琥珀のあごひげはますます長さを増していった。

　時おり、すごく寒いな、こんな寒さは初めてだ、という思いが戻ってきた。歩きながら、手袋の甲で頰骨と鼻をこすった。考えずとも手は自然と動き、時おり左手と右手が交代した。だが、いくらこすっても、動きを止めたとたん頰骨の感覚は麻痺し、すぐ続いて鼻先も麻痺するのだった。頰はきっと凍傷にやられてしまうだろう。男はそのことをまざまざと実感して、バドが寒波のときに着けていた何か鼻覆いみたいなものを作ってくるんだったな、と後悔した。ああいうのがあれば、両の頰も覆えて、凍らずに済む。でもまあ大したことじゃない。頰が凍傷になるくらい何だ？　少し痛むだけの話だ。それ以上の大事《おおごと》になったりはしない。

　頭には思いと呼べるものがほとんどないものの、男は周囲を抜かりなく観察する人間であり、クリークの変化にはきちんと目を光らせていた。曲がり目、折れ目、流木の集まりに気をつけ、足の踏み場にもつねに注意を払っていた。一度、折れ目を曲がっていく最中、男は驚いた馬のようにさっと飛びのき、それまで歩いていた場所からそれて、何歩か道を戻っていった。男の知るクリークは、川底までしっかり凍っている——この極北の冬にあって、水が残っているクリークはありえない——が、山の中腹から湧き出て雪の下を通りクリークの氷の上を流れる湧き水があることも男は知っていた。どんなに激しい寒波でもこれら湧き水が決して凍らないことも、それらが危険であることも知っていた。湧き水は罠であり、雪の下に水たまりを隠している。雪の深さは十センチかもしれないし、三十センチかもしれない。時には一センチの氷が殻のようにそれを覆っていて、その氷をまた雪が覆っている。あるいは、水と氷の殻とが互い違いに重なりあっていて、ひとたび落ちてしまうとズブズブ落ちつづけて、腰まで濡れてしまったりもする。

いましがた、あわててよけたのもそのためだった。足の下が凹むのが感じられ、雪に隠れた氷の殻がパリンと割れるのが聞こえたのだ。そしてこういう温度にあって、足を濡らすことはトラブルと危険以外の何物でもない。どううまく行っても、遅れてしまうことは避けられない。歩みを止めて火を熾し、火に護られたなかで裸足になって靴下とモカシンを乾かさねばならないからだ。男は立ちどまって川床と土手をじっくり吟味し、水の流れは右から来ていると判断した。鼻と頬をこすりながらしばし考え、それから左にそれて、そろそろと慎重に一歩一歩足下を試した。もう大丈夫と判断すると、また煙草を嚙みはじめ、意気揚々、毎時六キロの歩みを進めていった。

それから二時間のあいだに、何度か同じような罠に行きあたった。たいていの場合、隠れた水たまりの上の雪は、何となく凹んだような、氷砂糖のような感じに見えて、それで危ないと知れた。だがそれでも、もう一度きわどい目に遭ったし、またあるときは、危険を感じて犬を先に行かせた。犬は行きたがらなかった。ぐずぐずしている犬を男が無理に押し出すと、真っ白な、何の切れ目もない表面を犬はささっと渡っていった。と、いきなり、犬の足が沈んだ。

犬はあたふたと横に飛び出して、しっかりした足場に移った。前脚が両方、かなりの深さまで濡れてしまっていて、くっついた水は見る見る氷になっていった。犬はすばやく脚を舐めて氷を剝がしにかかり、それから雪のなかに座り込んで足指のあいだに固まった氷を噛みちぎりはじめた。これは本能の反応だった。氷を放っておけば、足はやられてしまう。犬はそのことを知っていたのではない。ただ単に、その身の奥深くから湧き上がってくる神秘的な促しに従ったまでだ。だが男は知っていた。こうした事柄に関して、ひとつの見解に達していた。そこで右手の手袋を脱いで、氷のかけらを剝ぎとるのを手伝ってやった。指を外気にさらした時間は一分もなかったが、麻痺の感覚が襲ってくるそのすばやさに男は驚いてしまった。こいつはたしかに寒い。あわてて手袋をはめて、手をどすどす胸に叩きつけた。

十二時になった。一日で一番明るい時間だ。だが太陽はずっと南の方で冬の旅を続けており、地平線を越えはしなかった。地球の丸みが、太陽とヘンダスン・クリークのあいだに立ちはだかっていて、真昼の雲なき空の下を男が歩いても、何の影も出来ない。十二時半きっかりに、クリークの合流点に着いた。けっこう早く来られたじゃないか、と男は気をよくした。このペースで行けば、間違いなく六時には仲間たちのところに行ける。上着とシャツのボタンを外して、弁当を引っぱり出した。そうするのに十五秒とかからなかったが、その短い時間のあいだに、むき出しになった指を麻痺が襲った。手袋をはめる代わりに、男は指を十回ばかり脚に激しく叩きつけた。それから、弁当を食べようと、雪の積もった丸太に腰かけた。が、指を脚に叩きつけて生じたひりひりという痛みがあっという間に止んだので男はあわててしまった。丸パンを一口齧《かじ》る間もなかった。何度も指を叩いては手袋のなかに戻し、食べるためにもう一方の手をさらした。そして一口食べようとしたが、氷の口輪に邪魔された。火を熾して凍えを溶かす、という手順を忘れていたのだ。自分の間抜けぶりに男はくっくっと笑い、笑いながらも、さらされた指に麻痺がじわじわ忍び込んでくるのを感じた。それと、腰かけたとき足の指に訪れたひりひりという感覚がもう消えかけていることにも気づいた。足指は暖かいのだろうか、麻痺しているのだろうか。モカシンのなかで動かしてみて、麻痺しているのだと判断した。

急いで手袋をはめ、立ち上がった。男はいくぶん怯えていた。ひりひりした感覚が戻ってくるまで、思いきり足を踏みならした。こいつはたしかに寒いな、というのが頭のなかの思いだった。このへんが時にどれほど寒くなるか、あのサルファー・クリークの男が言っていたが、あれは法螺《ほら》じゃなかったんだ。なのにあのときは、何を馬鹿な、と笑ってしまった！　物事、あんまり決めつけちゃいけないってことだな。間違いない、こいつはほんとに寒い。足を踏みならし、腕をふり回しながら、暖かさが戻ってきたと安心できるまで大股で歩き回った。それからマッチを取り出し、火を熾しにかかった。下生えの、よく乾いた枝が前の春に増水で流されてたまっているところから薪を集めた。小さな炎からはじめて、慎重に作業を進め、やがて勢いよく燃える火が出来上がった。男は身を乗り出して顔の氷を溶かし、火に護られながら丸パンを食べた。しばらくのあいだ、場の寒さは克服された。犬も満足そうに火にあたり、暖をとれる程度に近く、焦げぬ程度に離れた位置で体をのばした。

食べ終えると、パイプに葉を詰めて、のんびり一服した。それから手袋をはめて、帽子の耳覆いをしっかり耳の上に掛け、クリークの道にそって左側の支流をのぼって行った。犬はがっかりした様子で、火の方に戻りたそうだった。この男は寒さというものを知らなかった。もしかしたら、先祖代々ずっと寒さを——本物の、氷点下百七度の寒さを——知らずにきたのかもしれない。だが犬は知っていた。先祖はみな知っていたし、この犬もその知識を受け継いでいた。こんなひどい寒さのなかを歩き回るのはよくないことも知っていた。こういうときは、雪のなかの穴にぬくぬく寝そべって、この寒さの出所《でどころ》たる大空に雲のカーテンが引かれるのを待つのが一番なのだ。他方、犬と男のあいだに温かい親密さのようなものは何もなかった。一方はもう一方の苦役奴隷であり、犬がこれまで受けとった触れあいといえば、鞭で打たれること、喉から絞り出される鞭で打つぞと脅す音、それだけだった。だから犬は、自分の不安を男に伝えようとはしなかった。犬は男の安全には興味がなかった。火の方に戻りたいと思ったのもあくまで自分のためだった。だが男はひゅうと口笛を吹き、鞭打ちの音で犬に語りかけた。犬はさっと男のうしろにくっついて、あとに従った。

男は嚙み煙草を嚙み、また新しい琥珀のひげを作りはじめた。濡れた息も、たちまち口ひげや眉毛や睫毛を白い粉で彩った。ヘンダスン・クリークの左側の支流には湧き水もさほど多くないようで、三十分のあいだひとつの湧き水の気配も見当たらなかった。それから、そのことが起きた。何の気配もない、柔らかで切れ目なしの雪がその下の堅固さを伝えていると思えた場所で、男の足が沈んだ。深くはなかった。必死にもがいて、膝下の半分を濡らしてから硬い表面に出た。

男は腹を立てていた。己の不運を、声に出して呪った。六時には仲間たちのいる野営地に着くはずだったのに、これで一時間遅れてしまう。火を熾して、靴や靴下を乾かさねばならないからだ。これほどの低温ではそれが至上命令である。そのくらいは男も知っていた。男は土手の方にそれて、のぼって行った。のぼり切ると、何本かの小さなエゾマツの幹の周りの下生えに、増水で流されてきた格好の枯れ枝が絡まっているのが見つかった。主に小枝や棒切れだが、よく枯れた太い枝や、細い、乾いた、去年の草もあった。大きな枝を何本か、男は雪の上に投げた。これを土台にすれば、出来立ての炎が下の雪を溶かしてそれに呑まれて消えてしまうこともない。ポケットから小さなカバノキの樹皮のかけらを取り出し、マッチの火を当てて火だねを作った。これは紙よりもっとよく燃える。樹皮を土台の上に載せて、その出来立ての炎に、乾いた細い草やごく小さな乾いた枝をくべた。

危険をはっきり意識しつつ、ゆっくり慎重に作業を進めた。だんだんと、炎が大きくなってきたのに合わせて、くべる枝も大きくしていった。雪のなかにしゃがみ込んで、下生えの絡まりから小枝を引き抜いては、じかに炎にくべる。失敗は許されないことは承知していた。零下七十五度にあっては、火を熾す一回目の試みでやり損なってはならない——もし足が濡れているならば。もし足が濡れていなければ、やり損なったら、一キロばかり道を走って血の循環を取り戻せばいい。だが濡れて凍りかけた足の循環は、零下七十五度のなかを走り回っても取り戻せはしない。いくら速く走ったところで、濡れた足がますます硬く凍るばかりだ。

こうしたことすべてを、男は知っていた。去年の秋、サルファー・クリークの古参から聞かされていたのだ。いまとなってはその忠告が有難かった。すでに両足からはいっさいの感覚がなくなっていた。火を熾すために手袋を脱ぐのを余儀なくされ、指もたちまち麻痺してしまっていた。さっきまでは、毎時六キロのペースで歩いていたおかげで、心臓から体の表面や末端にまで隈なく血液が送られていた。だが歩くのをやめたとたん、血液が送られる働きも鈍ってしまった。宇宙の寒さが、この地球の、保護されていない末端に強打を加え、そして男は、その保護されていない末端にいたために、強打の衝撃をまともに喰らったのだ。その強打を前にして、男の体の血液はひるんだ。血も犬と同じに生きていて、犬と同じに恐ろしい寒さから隠れて身を覆いたいのだ。毎時六キロのペースで歩いている限り、血液は否応なしに体の表面に送り出されていたが、いまはその血も潮のように引いて、体の奥に沈み込んでしまった。血の不在を真っ先に感じたのは末端だった。濡れた両足は、血がないせいでますます早く凍った。さらされた指も、まだ凍りはじめてはいないがますます早く麻痺していった。鼻と頬もすでに凍りかけていたし、体中の皮膚も血を失っていくにつれて冷えていった。

だが大丈夫。火は力強く燃えはじめているのだから、足指、鼻、頬がちょっと凍る程度で済む。指くらいの大きさの枝を男はくべていた。あと一分もすれば手首大の枝をくべられるだろうし、そうしたら濡れた靴や靴下を脱いで、それらを乾かしているあいだ――もちろんまずは雪でごしごしこするのだが――裸足の足を火で暖められる。火はうまく燃えていた。これで大丈夫。サルファー・クリークの古参の説教を思い出して、男は微笑んだ。古参は大真面目に、零下五十度以下になったら何人《なんびと》たりとも一人でクロンダイクを旅してはならない、と掟を説いたのだった。それがどうだ、男はいまこうしてここにいる。アクシデントに見舞われ、一人だったが、ちゃんと窮地から脱したではないか。ああいう古参連中は時おり、妙に女々しくなっていけない。要は冷静さを失わないことだ。そうすれば心配はない。一人前の男なら一人で旅できる。だがこれはどうも驚きだ――頬も鼻もこんなに急速に凍ってくるなんて。それに指からこんなにすぐ力が抜けてしまうとは、思ってもみなかった。本当に全然力がなくて、小枝を一本摑もうとして一緒に動かすのにもひどく苦労したし、体からも自分からも指はずっと遠くにあるように感じられた。枝に触れても、自分がそれを握っているかどうか、見てみないとわからない。自分と指先とを結ぶ神経が、あらかたやられてしまったのか。

まあどれも大したことではない。火はちゃんと燃えていて、パチパチと音を立て、炎を大きく踊らせるごとに生命を約束している。男はモカシンの紐をほどきはじめた。モカシンは氷に覆われ、分厚いドイツ製の靴下も膝下半分は鉄の鞘《さや》のようだった。モカシンの紐は、大火事か何かでさんざんねじれて絡まった細い鉄棒のようだった。少しのあいだ、麻痺した指で引っぱってみたが、じきに無駄だと悟って、鞘に収めたナイフを取り出した。

だが、紐を切る間もなく、それが起こった。起きたのは自分のせいというか、自分のミスだった。エゾマツの下で火を熾したのは間違いであり、開けた場所でやるべきだったのだ。だが下生えから小枝を引き抜いて直接炎に投げ込む方が楽だったのである。男が火を熾した場所の頭上にある木は、大枝に相当な重さの雪が積もっていた。何週間ものあいだ風も吹かず、どの大枝にもたっぷりと雪が載っていた。そして小枝を引っぱるたびに、木にわずかずつ震動が伝わっていた。男からすれば目にもつかない震動だが、その惨事を引き起こすには十分な震動だった。木のずっと上の方で、一本の大枝が、載っていた雪をぶちまけた。これが下の大枝に落ちて、それらの大枝も雪をぶちまけた。この流れがくり返されて、木全体にまで広がっていった。なだれのように大きくなって、いきなり何の前触れもなく男と火の上に落ちてきて、火は消えてしまった！　さっきまで燃えていたところには、真新しい、乱れた雪の外套があるばかりだった。

男は愕然とした。死刑宣告を聞かされたような思いだった。一瞬のあいだ、ぴくりとも動かず、火があった場所を呆然と見ていた。それから、ひどく冷静な気持ちになった。やっぱりサルファー・クリークの古参の言うとおりだったかもしれない。相棒がいたら、いまごろこんな危険に陥ってはいない。相棒が火を熾してくれただろう。だがいまは、自分でもう一度やるしかない。そして今度は、絶対に失敗できない。かりにうまく行ったとしても、たぶん足の指は何本か失くなるだろう。もうすでに足は相当凍っているにちがいないし、また火を熾すにはまだしばらく時間がかかる。

そんなことを考えながらも、ただじっとしていたわけではなかった。そうした思いが頭をよぎっているあいだずっと、体は忙しく立ち働いていた。火を熾すための新しい土台を、今度は腹黒い木に消されたりせぬようちゃんと開けた場所に作った。次に、増水に打ち上げられたかたまりから乾いた草や小枝を集めた。指を寄せあってそれらを引き抜くことはできなかったが、平手に抱えて集めることはできた。こうやると、腐った枝や緑の苔など、望ましくない物もたくさん混じってしまうが、これが精一杯だ。きちんと系統立てて仕事を進め、火があとで強くなったときに使う大きめの枝も集めておいた。その間《かん》ずっと、犬はじっと座って男を見守っていた。その目には、一種せつなげな思いが浮かんでいた。犬は男を、火を与えてくれる者として見ているのに、火はなかなか現われなかったのだ。

準備が整うと、男はポケットに手を入れて、カバの樹皮をもう一枚取り出した。樹皮がそこにあるのはわかっていたし、指先で感じることはできなくても、手探りするなかでそれが立てるカサカサという音も聞こえた。だがどれだけがんばっても、それを掴むことはできなかった。その間ずっと、男の意識のなかには、一瞬ごとに自分の足がますます凍っているという自覚があった。そう思うとパニックに陥りそうになったが、懸命に抵抗し、落着きを保った。歯を使って手袋をはめ、腕を前後にふり回して、両手を力一杯脇腹に叩きつけた。それを座って行ない、立って行なった。その間犬はずっと、雪のなかに座り込んでいた。狼と同じ筆のような尻尾は前足の上で暖かくとぐろを巻き、尖った狼の耳は男を見守りながらぴんと熱心に前方へ突き出ていた。そして男は両腕両手を叩き、ふり回しながら、生まれながらの被《おお》いに包まれてぬくぬく暖をとっている動物を見て、強い嫉妬の念が湧いてくるのを感じた。

しばらくして、叩いた指にかすかに感覚が戻ってくる気配を感じた。わずかな疼きはだんだん大きくなって、そのうちに刺すような、激しい痛みに変わったが、男はそれを歓迎した。右手から手袋を剝いで、樹皮をポケットから出した。さらされた指があっという間にまた麻痺していった。それから、硫黄マッチの束を取り出した。ところが、すさまじい寒さに、指からはすでに力が抜けていた。束から一本抜き出そうとして、束がまとめて雪の上に落ちてしまった。拾い上げようとしたが、うまく行かなかった。生気のない指は、触ることも摑むこともできなかった。男はこの上なく慎重だった。足や鼻や頰が凍りかけているという思いを頭から追い払い、全身全霊をマッチに傾けた。触覚の代わりに視覚を使ってじっと目を凝らし、束の左右に指が見えたところで、指を閉じた――つまり、閉じようと意志を働かせた。だが意志と指をつなぐ神経はすでにやられていて、指は従わなかった。右手の手袋をはめて、膝に激しく叩きつけた。それから両手とも手袋をして、マッチの束を、大量の雪とともにすくい上げ、膝の上に載せた。まだ進展はない。

あれこれ操った末に、マッチの束を、手袋をはめた両手の付け根ではさむことができた。その格好でマッチを口まで持っていった。満身の力をふり絞って口を開けると、氷がパチパチ鳴った。下あごを引き、上唇を丸めて邪魔にならないようにし、マッチを一本だけ分離させようと上の歯で束をこすった。一本取り出すことに成功し、膝の上に落とした。まだ進展はない。手で拾い上げるすべはないのだから。やがて、ひとつ手を思いついた。歯でマッチをくわえて、足で擦《す》ったのだ。二十回擦って、やっと火が点いた。炎を上げるマッチを歯でくわえて、カバの樹皮の方に持っていった。ところが、燃える硫黄が鼻孔を通って肺まで入ってきて、ゴホゴホ咳き込んでしまった。マッチは雪のなかに落ちて、消えた。

サルファー・クリークの古参の言うとおりだったな、と男は、その直後に生じた、かろうじて抑えつけた絶望の瞬間に思った。零下五十度より下がったら、相棒と一緒に旅をすべきなのだ。両手を叩いたが、何の感覚も生み出せなかった。と、男はいきなり、歯で手袋を外して両手をむき出しにした。マッチの束を丸ごと、両手の付け根ではさんだ。腕の筋肉は凍っていなかったから、両手の付け根をマッチの束にぎゅっと押しつけることはできた。それから束を丸ごと、脚で擦った。七十本の硫黄マッチが、一斉に燃え上がる！　それを吹き消す風もなかった。煙に息を詰まらせないよう顔を横向きに保ち、燃えさかる束をカバの樹皮に持っていった。そうやって束を握っていると、一方の手に感覚が戻ってくるのがわかった。肉が燃えているのだ。匂いでわかった。体の表面のずっと奥でもそれが感じられた。感覚は痛みになっていき、痛みはどんどん激しくなった。それでも男は耐えて、マッチの炎を樹皮の方へぎこちなく持っていったが、樹皮はなかなか点火しなかった。男自身の燃える手があいだに入って、炎の大半を吸収してしまっているのだ。

とうとう、もうそれ以上耐えきれなくなって、両手を離した。燃えるマッチが、じゅうっと音を立てて雪のなかに落ちた。でも樹皮は点火していた。炎の上に、男は乾いた草やごく小さな枝を積みはじめた。両手の付け根にはさんで運ぶしかないので、細かく選《よ》り分けたりはできない。小枝にへばりついた腐った木のかけらや緑色の苔を、歯を使って精一杯食いちぎった。慎重に、ぎこちなく、男は炎を育てていった。この炎に命がかかっている。消してはならない。体の表面から血がひいたせいで体がぶるぶる震えてきて、動作はますますぎこちなくなった。と、緑の苔の大きなかけらが小さな炎の上にもろに落ちた。指でつつき出そうとしたが、体が震えているせいで強くつつきすぎて小さな炎の芯を乱してしまい、燃えている草や小枝がばらばらに散ってしまった。もう一度つついて元に戻そうとしたが、必死に頑張っても震えはどうにもおさまらず、枝はどうしようもなく散らばってしまった。枝一本一本から煙が吹き出し、火は消えた。火を与える者は、やり損なったのだ。何の感慨もなく周りを見回すと、男の目が犬の上にとまった。火の残骸をはさんで向こう側、雪のなかに犬は座って、せわしなく、背を丸めてそわそわ動き、前足を交互に少しずつ上げては、熱っぽく、せつなげに体の重心を動かしていた。

犬の姿を見て、途方もない考えが浮かんだ。吹雪に閉じ込められた男が、仔牛を殺して死体のなかにもぐり込んで助かったという話を男は覚えていた。自分も犬を殺して、麻痺がひくまでその暖かい体に両手をうずめていればいい。そうすればまた火が熾せる。男は犬に話しかけ、こっちへ来いと呼び寄せた。だがその声には奇妙な恐怖の響きが混じっていて、それが犬を怯えさせた。男がそんなふうに喋るのを犬は一度も聞いたことがなかった。何かがおかしい。犬の疑り深い本性《ほんせい》が、危険を察知した。どんな危険かはわからなかったが、とにかく脳のどこかに、どうやってか、男に対する不安が湧き上がった。男の声に犬の耳はぺったり垂れ、そのせわしない、背の丸まった動きと、前足を持ち上げては重心をずらすしぐさがいっそう大きくなったが、犬は男の元に行こうとしなかった。男は四つんばいになって、犬の方に這っていった。この異例の姿勢に犬はますます疑いを募らせ、じりじり小股で横へ逃げていった。

少しのあいだ男は雪の上で体を起こし、気を鎮めようと努めた。それから歯を使って手袋をはめ、立ち上がった。まず、本当に立っていることを確かめようとして下を向いた。両足に感覚がないせいで、地面とのつながりが感じられなかったのだ。直立したその姿勢を見て、犬の心から疑いの蜘蛛の巣がほどけていった。男が鞭打ちの響きを込めた声で、有無を言わせぬ口調で話し出すと、犬はいつもの忠誠を取り戻して男の方に行った。犬が手の届くところまで来ると、男は自制を失くした。両腕がパッと犬めがけて飛び出したが、両手が何も摑めず指が曲がりもせず感覚もないことに男は心底驚いてしまった。手も指も凍っていること、ますますひどく凍りつつあることをしばし忘れていたのだ。すべては一瞬の出来事であり、犬が逃げる間もなく、男は両腕でその体を抱え込んだ。雪のなかに座り込んで、その格好で、歯をむき出し哀れっぽい声を上げじたばた抗《あらが》う犬を押さえつけた。

だが、そうやって両腕で犬を抱え込み、座っているのが精一杯だった。殺すなんてとうてい無理な相談であることを男は思い知った。何の手だてもない。手が役に立たないとあってはナイフを出したり握ったりもできないし、犬の首を絞めることもできない。男は犬を放した。犬は尻尾を巻き歯をむき出したままあわてて逃げていった。十メートルちょっと離れたあたりで立ちどまり、怪訝《けげん》そうに、耳をぴんと前に突き出して男を眺めわたした。自分の両手はどこにあるかと男は下を向き、それが腕の先に垂れているのを見てとった。自分の手のありかを知るのに目を使わなきゃならないなんて妙な話だ、と思った。両腕を前後にふり回し、手袋をした両手を脇腹に叩きつけた。五分間、力一杯そうしていると、心臓からそれなりの量の血液が体の表面に送られて、震えも止まった。けれども両手には何の感覚も生じてこなかった。両手が腕の先におもりのように垂れている感触はあったが、その感触の源をたどろうとしてもどこにも見つからなかった。

鈍い、重苦しい、死の恐怖が湧いてきた。いまやもう手足の指が凍るとか手足を失くすとかいう話ではなく、生きるか死ぬかの話であって、しかも情勢は自分に不利なのだと思いあたり、恐怖は一気に高まっていった。体はパニックに陥り、男は身を翻《ひるがえ》して、道筋もはっきりしない道ぞいに川床を駆けていった。犬も仲間に加わってうしろから遅れずについてきた。男は何も見ず、何の意図もなく、いままで味わったことのない恐怖に包まれて走った。雪のなかをあたふたぶざまに進んでいるうちに、少しずつ、いろんな物がふたたび見えてきた。クリークの土手、流木の集まり、葉の落ちたポプラ、そして空。走ったせいで気分もよくなった。もう体も震えなかった。もしかすると、走っていれば足の凍《こご》えも溶けてくるかもしれない。それに、ずっと走りつづければ、仲間のいる野営地に着ける。手足の指は何本か失くなるだろうし、顔の一部も同じだろう。それは間違いない。だが着いたら仲間たちが世話してくれて、救える部分は救ってくれるはずだ。と同時に、もうひとつ、お前はもう仲間のいる野営地にはたどり着けないのだと告げる思いが湧いてきた。あまりに遠すぎるし、凍傷もずいぶん進んでしまっていて、じきに体も硬直して死んでしまうのだ。その思いを男は頭の裏側に押しやり、考えまいとした。時おりそれが前に出てきて、男に迫ってきたが、何とかそれを押し戻し、ほかのことを考えようと努めた。

ふと男は、こんなに足が凍っていて、足が大地を打って体の重みを受けとめるときにも何も感じられないというのにそもそも走れるなんて奇妙だな、と思った。自分が地表にそって滑るように進んでいて、地面とは何のつながりもないような気がした。どこかで一度、翼の生えたメルクリウスの絵を見たことがあるが、メルクリウスも地を滑るように進むときこんな感じでいたのだろうか。

仲間のいる野営地まで走っていくという発想には、ひとつ欠陥があった。男にはそこまでの体力がなかったのだ。何度かつまずき、とうとう大きくよろけて、力が抜け、倒れた。立ち上がろうとしたが、できなかった。座って休もう、次はもう走らずに歩いて進むことにしよう、そう決めた。座って息を整えていると、自分がすごく暖かくて心地よい気分でいることに気がついた。震えてもいないし、暖かさのかたまりが胸と胴に訪れたようにさえ思えた。なのに、鼻や頬に触れると、感覚はなかった。走っても鼻や頬は溶けないだろう。手や足も同じだ。それから、凍っている部分がどんどん広がっているにちがいないという思いが湧いた。男はその思いを抑えつけよう、忘れよう、ほかのことを考えようと努めた。それが引き起こすパニックの感情を意識していたし、パニックは何より恐ろしかった。だが思いはいっこうに退かず、じわじわ強まって、やがて、すっかり凍りついた男自身の姿の幻影を生み出した。耐えきれなくなって、男はもう一度道を狂おしく駆けていった。一度ペースを緩めて歩きはじめたが、凍傷が広がっているという思いに追い立てられてまた駆け出した。

その間ずっと、犬は男のすぐうしろを走っていた。男が二度目に転んだとき、犬は尻尾を前足の上に丸めて、目の前に腰を下ろした。まっすぐ男の方を向き、妙に熱心に、ひたむきに見ていた。犬が暖かく無事でいることが男を憤らせた。男は犬を罵りつづけ、やがて犬はなだめるように耳を垂らした。今回は震えがやって来るのも早かった。男は凍え相手の戦いに敗北しつつあるのだ。四方八方から、凍えはじわじわ体に入り込んでいた。その思いに駆り立てられてまた走ったが、三十メートルも行かないうちによろけて、どさっと前に倒れ込んだ。それが最後のパニックだった。呼吸と自制心を取り戻すと、体を起こして、威厳をもって死を迎えるという観念を頭のなかに抱いた。といっても、観念はそのような言葉で訪れたのではなかった。俺は馬鹿な真似をやった、首を切り落とされた鶏みたいに駆け回って――浮かんだのはそんな比喩だった。まあどのみち凍えてしまうのだから、どうせなら潔く受け容れようじゃないか。こうして新たに到達した心の平静とともに、最初のかすかな眠気が訪れた。いい考えだ、眠ったまま死んでいくのは、そう思った。麻酔をかけるようなものだ。凍えるっていうのは案外悪くない。もっとひどい死に方はいくらでもある。

仲間たちが翌日自分の体を見つける姿を男は思い描いた。不意に、自分も彼らと一緒になって、道を進みながら自分自身を探していた。そして、依然彼らと一緒のまま、道の折れ目を曲がって、雪のなかに横たわっている自分自身に行きあたった。男はもはや自分自身に属してはいなかった。いますでに自分の外にいて、仲間たちと一緒に立ち、雪にうもれた自分を見ているのだ。こいつはたしかに寒いな、そう思った。国内に帰ったら、本当の寒さとはどういうものか、みんなに教えてやれる。そうした考えから、思いはやがて、サルファー・クリークの古参の幻影へと流れていった。暖かそうに、心地よさげにパイプをふかしている古参の姿がこの上なくはっきり見えた。

「あんたの言うとおりでしたよ。そのとおりだった」と男はサルファー・クリークの古参に向かって呟いた。

やがて男は、うとうとと、これまで味わった最高に心地よい、満ち足りた眠りと思えるもののなかに落ちていった。犬は男と向かいあわせに座って、待った。短い一日は、長くゆったりした夕暮れに包まれて終わりに近づいていった。火が熾されそうな様子はどこにもなかったし、それに、犬の経験では、人間がこんなふうに雪の上に座り込んで火も熾さないなんて前代未聞の事態だった。夕闇が深まるなか、火を希《こいねが》う思いが犬の胸にあふれ、犬は前足を大きく持ち上げては重心をずらし、クーンと低く、哀れっぽく鳴き、男に叱られるのを覚悟して耳を垂れた。だが男は黙ったままだった。しばらく経って、犬は大きな声で鳴いた。さらにしばらく経って、男のそばまで這っていき、死の臭いを嗅ぎとった。その臭いに犬は毛を逆立て、あとずさりした。もうしばらくそこにとどまって、星々が踊って跳ねて眩《まばゆ》く輝いている寒空の下でウォーンと吠えた。それから犬は身を翻して、自分が知っている野営地の方角へ、山道を小走りに進んでいった。あそこへ行けば、また別の、食べ物を与えてくれる人間たち、火を与えてくれる人間たちがいるのだ。

訳註　文中の温度は原文に即して華氏のまま表記する。「華氏零下五十度」は摂氏零下約四五・六度、「零下六十度」は零下五一・一度、「零下七十度」は零下五六・七度、「零下七十五度」は零下五九・四度。

メキシコ人
The Mexican

I

誰も彼の素性を知らなかった――とりわけ革命組織《フンタ》の人々は。彼はフンタにとっての「ささやかな謎」であり「大いなる愛国の士」であり、彼なりのやり方で、誰にも負けず来《きた》るべきメキシコ革命に尽くしていた。この事実に、彼らはなかなか思い至らなかった。というのも、フンタの誰一人、彼のことが好きではなかったのである。雑多に散らかった、せわしないアジトに彼が初めてひょっこり入ってきた日、誰もが彼のことをスパイではないか、ディアスの諜報部に雇われたイヌではないか、と疑った。あまりに多くの同志が、アメリカ合衆国中の市民刑務所や軍事刑務所に入れられていたし、等しく多くの同志が、鉄の足枷《あしかせ》をはめられ、いまこの瞬間にも、日干し煉瓦《アドービ》の壁の前に並べられて銃殺されるべく国境の向こうへ連行されていたのである。

一目見たときは、ぱっとしない若僧だと誰もが思った。せいぜい十八歳、年齢の割に大柄ということもなく、まさに若僧でしかない。フェリペ・リベラと名乗り、革命のために働きたいと言った。それだけだった。無駄な言葉はひとつもなく、それ以上の説明もなし。ただそこに立って待っていた。唇に笑みはなく、目には少しの愛想もなかった。威勢のいい大男パウリーノ・ベラでさえ、内心寒気を感じた。若者には何か近寄りがたい、恐ろしい、不可解なところがあった。黒い目には毒々しい、蛇を思わせるものがあった。目は冷たい炎のように燃え、とてつもない、凝縮された憎悪をたたえているように見えた。若者はその目をさっと、活動家たちの顔から、小柄なセスビー夫人がせっせと働かせているタイプライターに移した。メイ・セスビーその人の目には視線は一瞬とどまっただけだったが――たまたま彼女も同時に顔を上げたのだった――彼女もやはりその曰《いわ》く言いがたい何かを感じとって、思わずハッと手を止めた。書いていた手紙の中身に戻るのに、もう一度前を読み返さねばならなかった。

パウリーノ・ベラが問うような目でアレリャーノとラモスを見ると、二人もまた問うような目でベラを見返し、それからたがいを見た。彼らの目には、疑念の生む優柔不断さが浮かんでいた。この痩せた若者はまさに未知そのものであり、未知ゆえの脅威をみなぎらせていた。彼は認識不可能な、普通のまっとうな革命家たちの理解を超えた存在だった。彼らとて、ディアスを憎み、ディアスの専制を憎む思いは誰にもひけをとらない。だがいかに烈しいとはいえ、その憎しみはしょせん、普通のまっとうな愛国者のそれである。ここにあるのは、何であるかはわからないものの、明らかにまったく違う何かなのだ。だがそのとき、つねに一番衝動的に、真っ先に行動するベラが突破口を開いた。

「結構」とベラは冷たい声で言った。「革命のために働きたいと言うんだな。上着を脱いで、あそこに掛けたまえ。で、こっちだ、案内しよう――バケツと雑巾の置き場所だ。床が汚れている。まずこの床をブラシでごしごしこすって、次にほかの部屋の床をこする。痰壺《たんつぼ》も綺麗にた。


する必要がある。その次は窓だ」

「それ、革命のためなんですか？」と若者は訊いた。

「革命のためだ」ベラは答えた。

リベラと名乗った若者は冷たく怪しむ目で彼らみんなを見て、それから上着を脱ぎにかかった。

「わかりました」と彼は言った。

それだけだった。毎日毎日、若者は仕事に来た。箒で掃き、ブラシでこすり、雑巾で拭く。ストーブの灰を空け、石炭と焚きつけを運んでくる。一番の働き者が机に向かうころには、もうストーブの火を点け終えていた。

「ここに泊まってもいいですか？」と彼はあるとき訊ねた。

ハハーン！　そういうわけか。ディアスの手が見え見えだ！　フンタの部屋で眠るということは、組織の秘密を入手できるということだ。人名リスト、メキシコに下っている同志たちの住所。要求が却下されると、リベラは二度とそのことを口にしなかった。どこに寝泊まりしているかは誰も知らなかったし、どこでどうやって食べているかも謎だった。あるとき、アレリャーノが二ドルばかりの金をやろうとしたら、リベラは首を横に振って断った。ベラも加わって金を押しつけようとすると、彼は言った。

「僕は革命のために働いてるんです」

今日《こんにち》、革命を起こすには金が要る。したがってフンタはつねに困窮していた。誰もが飢えた身を粉《こ》にして昼夜を問わず働いたが、それでもなお、あと何ドルかのあるなしで革命が持ちこたえるか頓挫するかが左右されそうな事態もたびたび生じた。あるとき、家賃の支払いが二か月滞《とどこお》って家主が追い立てを口にしていたとき、これが初めてだったのだが、着古した安物のぼろ服を着た掃除係フェリペ・リベラが、メイ・セスビーの机の上に六十ドルの金貨を置いた。その後、何度も同じようなことが起きた。あるときは、せっせと働くタイプライターで打ち出された三百通の手紙（援助を求める訴え、労働団体への支持要請、新聞への公正な報道の要求、合衆国裁判所による革命家の横暴な扱いへの抗議）が切手を待って投函されぬまま横たわっていた。ベラが父親から受け継いだ、古風な金《きん》の二度打ちの懐中時計はすでに消えていたし、メイ・セスビーの薬指からは金の指輪がなくなっていた。事態は絶望的だった。ラモスとアレリャーノはなすすべもなく長い口ひげを引っぱった。手紙は何としても発送せねばならないし、郵便局は切手をツケで売ってはくれない。ところがそこで、リベラが帽子をかぶって外に出ていった。戻ってきた彼は、千枚の二セント切手をメイ・セスビーの机の上に置いた。

「ディアスの呪われた金だろうか？」とベラが同志たちに言った。

彼らは眉を吊り上げ、何とも決められなかった。そして革命の掃除係フェリペ・リベラは、その後も事あるごとに、フンタの使用に供すべく金や銀を机に置きつづけた。

それでもなお、みんなは彼を好きになれなかった。彼らにはリベラという人間がわからなかった。リベラのやり方は彼らとは違っていた。彼は何も打ちあけなかった。あれこれ探りを入れても、すべてはねつけた。相手はまだ若いというのに、リベラを問いつめるだけの度胸が彼らにはなかった。

「偉大なる孤独な魂、なんだろうか。わからない、わからないよ」とアレリャーノが途方に暮れて言った。

「ありゃあ人間じゃない」ラモスが言った。

「魂を焼かれた人なのよ」メイ・セスビーが言った。「光と笑いが燃えつきてしまったのよ。死者のようなのに、恐ろしいほどの生気がある」

「地獄をくぐり抜けてきたんだな」とベラが言った。「地獄をくぐり抜けてきたのでもなけりゃ、あんな顔をしてるはずはない。まだほんの子供なのに」

それでも彼らは、フェリペ・リベラを好きになれなかった。彼は絶対に何も言わず、何も訊ねず、何も提案しなかった。彼らが革命を語る言葉が高らかに、熱く発せられるなか、無表情にじっと立って耳を澄まし、冷たく燃える目以外は死んだも同然の様子でいた。顔から顔へ、話し手から話し手へと目は動き、白熱の氷で出来た錐《きり》のごとき凝視を食い込ませ、彼らを不安にし当惑させた。

「あれはスパイなんかじゃない」とベラはこっそりメイ・セスビーに言った。「あれは愛国の士だよ。あれこそ俺たちの誰より立派な愛国の士だよ。そのことはわかるんだ、この心と頭で感じられるんだ。でもあいつという人間が、俺にはさっぱりわからない」

「喧嘩腰ではあるわよね」とメイ・セスビーが言った。

「そうとも」とベラは言って、ぶるっと身を震わせた。「あの目で俺も見られたことがある。あれは愛する目じゃない、脅《おど》す目だ。野生の虎みたいに獰猛な目だ。もし俺が革命の大義に背いたりしたら、あいつはきっと俺を殺すだろうよ。あいつには心というものがない。鋼《はがね》のように無慈悲で、霜のように鋭くて冷たい。冬の夜、どこかの寂しい山の上で男が凍え死ぬときの月光、それがあいつだ。俺はディアスも、ディアスが雇う殺し屋どもも怖くない。でもこの若僧、こいつだけは怖い。本当だよ。怖いんだ。あいつは死の息吹《いぶき》だよ」

それでも、ともかくリベラを信頼しようじゃないかとみんなを説き伏せたのも、やはりベラだった。ロサンゼルスとバハ・カリフォルニア〔メキシコ北西部の半島〕間の通信線が切れてしまっていた。同志が三人銃殺され、自分で掘らされた墓穴に落とされた。さらに二人がロサンゼルスの合衆国刑務所に投獄されていた。連邦警察署長にして極悪非道の輩《やから》フアン・アルバラードによって、彼らの計画はことごとく妨害されていた。もはやバハ・カリフォルニアで活動中の革命家にも革命志願者にも連絡の取りようがなかった。

若きリベラは任務を携え、南へ送り出された。彼が帰ってきたときには、通信線は復旧され、フアン・アルバラードは死んでいた。寝床で、ナイフが胸に柄《つか》まで刺さった死体が発見されたのだった。これはリベラが受けた指示を超えていたが、彼がいつどこにいたかはフンタも把握していた。彼らはあえて訊ねなかった。本人も何も言わなかった。だが彼らはたがいに顔を見合わせ、推測した。

「言っただろう」ベラが言った。「この若僧こそディアスにとって最大の脅威なんだ。あいつは容赦ない、神の手なんだ」

メイ・セスビーが指摘し、誰もが感じていた喧嘩腰も、肉体的な証拠によって立証されることになった。リベラはじきに、切れた唇、黒ずんだ頬、あるいは腫れた耳を抱えて現われるようになったのである。明らかにこの男は、年中殴りあいをしている——彼が食べ、眠り、金を稼ぎ、フンタの人々には未知の生活を送っている外の世界のどこかで。やがて彼はフンタが毎週発行しているささやかな革命新聞の活字を組むようになったが、時おり、手の甲が打ち傷だらけだったり、親指に怪我をして力が入らなかったり、一方の腕が脇に力なく垂れて顔は口にされぬ痛みに歪んでいたりで、活字組みもままならぬことがあった。

「やくざ者だな」とアレリャーノが言った。

「ろくでもない場所にたむろしてるんだな」ラモスが言った。

「だけど、金はどこで稼いでるんだ?」ベラが声を上げた。「ついさっき聞いたんだが、今度は紙代を払ってくれたそうだぞ。一四〇ドル」

「それに、ときどき休むでしょ」とメイ・セスビーが言った。「理由は全然言ってくれないし」

「あいつにスパイをつけたらいい」ラモスが提案した。

「俺はそのスパイになりたくないね」とベラは言った。「そうしたらお前ら、二度と俺を見ないだろうよ。俺の葬式でなら別だがな。あいつがカッとなったら恐ろしい。そうなったら、神さまにだって邪魔させない奴だぜ」

「あいつの前に出ると、自分が子供になった気がするよ」とラモスが打ちあけた。

「俺にとってあいつは力そのものだ。原始なるもの、野生の狼、襲ってくるガラガラヘビ、針で刺してくるムカデ」とアレリャーノ。

「革命の化身さ」ベラが言った。「革命の炎にして魂さ。音もなく殺す、飽かず復讐を求める叫びなき叫び。あれこそ夜も眠らず闇を動いていく破壊の天使だよ」

「気の毒で泣けてくるわ」とメイ・セスビーが言った。「誰も知りあいがいないんだもの。あらゆる人を憎んでいる。私たちだけは大目に見てくれるけど、それは私たちがあの人の望みに叶っているからでしかない。独りぼっちなのよ……孤独なのよ」。彼女の声は半泣きになってとぎれ、目は潤んでいた。

リベラがどこで、いつ何をしているのか。それは掛け値なしの神秘だった。一週間続けて顔を見せないこともよくあったし、あるときなどは一か月まったく現われなかった。そうしたあとにはかならず、戻ってくると、何の宣言も演説もなしに、メイ・セスビーの机の上に金貨が置かれた。そしてまた、何日も何週間も、フンタとずっと一緒に過ごす。さらにはまた、期間はまちまちだが、毎日真ん中、午前中から夕方まで消えている時期もあって、そういうときは朝早くに来て夜も遅くまで残った。真夜中にリベラが、まだ血も乾いていない新たに腫れた手の甲で——それとも、裂けたばかりの唇だったか——活字を組んでいる姿をアレリャーノは見かけたことがあった。

Ⅱ

重大な瞬間が迫っていた。革命が成るか否かはフンタにかかっていて、フンタは困窮していた。金はいつにも増して必要なのに、ますます手に入りにくくなっていた。愛国の士たちは最後の一セントまで供出していて、もうこれ以上出しようがなかった。メキシコの農園での奴隷的身分から逃れてきた保線作業の労働者たちは、乏しい賃金の半分を寄付してくれていた。だがそれでもまだ足りない。胸が張り裂けるような思いで、こつこつ秘密裡《ひみつり》に、身を削る苦労を続けてきた年月が、いま実を結びつつある。時は熟した。革命が成就《じょうじゅ》するか挫折するか、何とも微妙な状態だった。あとひと押し、あとひとつ英雄的な成果が挙がれば、天秤は勝利の方に傾くだろう。彼らはメキシコという国を知っている。いったんはじまりさえすれば、革命はひとりでに進んでいくはずだ。ディアスの組織全体が、トランプの館のごとく崩壊するだろう。国境はいまにも蜂起せんとしている。ＩＷＷ〔世界産業労働者組合〕のメンバー百人を抱えた一人のアメリカ人が、国境を渡ってバハ・カリフォルニア征服に取りかかるべく指示を待っていた。が、彼には銃が必要だった。そしてはるか東海岸でも、フンタはさまざまな人々と接触していて、その誰もが銃を必要としていた。金目当ての傭兵、山賊、不満を抱くアメリカの労働組合員、社会主義者、無政府主義者、油井作業員、メキシコ人亡命者、農奴の身分から逃れてきた小作人、コアダレンやコロラドの刑務所から出てきたばかりの打ちのめされた坑夫(戦いを求める彼らの怨念はますます強まっている)……狂おしく込み入った現代世界に閉じ込められた荒々しい精神すべての残り滓《かす》。そして止むことのない永遠の声——銃と弾薬を、弾薬と銃を。

この種々雑多な、文なしの、恨みを抱えた集団を国境の向こうに送り込みさえすれば、革命は動き出す。税関や北部の港は占領される。ディアスは抵抗できまい。南部を守らねばならないから、軍を大挙こっちに投入するわけには行かないはずだ。そして南部も南部で、炎はやはり広がるだろう。人民は立ち上がるだろう。どの街でも防衛軍は次々崩壊して、どの州も揺らぎ、倒れるだろう。そしてついには、四方八方から、輝かしい革命軍が、ディアス最後の砦たるメキシコシティを包囲するのだ。

だが、金が。銃さえあれば、とはやる思いを抱えて待つ男たちはいる。銃を売り、届けてくれる商人たちもフンタは知っている。だがここまで革命を育《はぐく》むことで、フンタは疲弊しきっていた。最後の一ドルも注ぎ込まれ、最後の資金源が搾《しぼ》り尽くされ、最後の飢えたる愛国の士の財布も空にされたのに、大いなる冒険はいまだどちらに傾くか危うい状況にある。銃と弾薬!

ぼろ着の大隊を武装せねば。だがどうやって？　ラモスは没収された地所を嘆いた。アレリャーノは若いころの道楽を悔やんだ。フンタが過去にもっと倹約に努めていたら違っていたかしら、とメイ・セスビーは自問した。

「メキシコの自由が、たかだか二、三千ドルの金に左右されるなんて」とパウリーノ・ベラが言った。

誰の顔にも絶望が浮かんでいた。最近仲間入りして出資を約束してくれた、最後の頼みの綱だったホセ・アマリーリョが、自分の所有するチワワの大農場で逮捕され、畜舎の壁の前で銃殺された知らせがたったいま届いたところだった。

と、両膝をついて床をこすっていたリベラが、ブラシの動きを止めて顔を上げた。むき出しの腕には汚れた石鹼水が飛び散っていた。

「五千ドルで足りるか？」と彼は訊いた。

彼らの顔に仰天が表われた。ベラはうなずき、ごくんと唾を呑んだ。驚きのあまり何も言えなかったが、一瞬にして大きな望みが胸に湧いてきた。

「銃を注文しろ」とリベラは言い、これまで彼が口にしたなかでもっとも長い言葉の流れがあとに続くこととなった。「時間がない。三週間後に五千ドル持ってくる。大丈夫、そのころの方が気候もよくなって戦う人間には有利だ。とにかく僕もそれが精一杯だし」

ベラは湧いてきた望みに抗おうとした。とうてい信じられない。革命に携わるようになって以来、これまであまりに多くの楽天を打ち砕かれてきたのだ。すり切れた服を着た、この革命の掃除係の言葉を彼は信じたが、信じるのを恐れる気持ちは消えなかった。

「君は頭がどうかしてる」とベラは言った。

「三週間」リベラは言った。「銃を注文しろ」

彼は立ち上がって、袖を下ろして、上着を着た。

「銃を注文しろ」と彼は言った。「僕はもう行く」

Ⅲ

あちこち駆け回り、さんざん電話をかけて罵《ののし》りあった末に、ケリーの事務所で夜の会合が開かれた。ケリーは時間に追われていた。加えて、彼はツイていなかった。ダニー・ウォードをニューヨークから連れてきて、ビリー・カージーとの試合を組んで、三週間後に勝負が控えているというのに、カージーは二日前から、スポーツ記者連からは厳重に隠していたが、ひどい傷を負って寝込んでいた。代役はいっこうに見つからなかった。東部に電報を打ちまくって、対戦可能なライト級ボクサーに一人残らず電報を打ったが、みんな試合が入っていたり契約に縛られていたりだった。それがいま、かすかではあれ、希望がよみがえりかけていた。

「よくもまあ、図太い奴だな」とケリーは、入ってきたリベラを一目見るなり言った。

烈しい憎しみがリベラの目に浮かんでいたが、顔全体は相変わらず無表情だった。

「俺はウォードに勝つ」それしか言わなかった。

「どうしてわかる？　奴の試合、見たことあるのか？」

リベラは首を横に振った。

「お前なんか、あいつは片手で、目をつぶったままで叩きのめしちまうぞ」

リベラは肩をすくめた。

「何か言うことないのか？」プロモーターは歯をむき出した。

「俺は奴に勝つ」

「だいたいお前、いままで誰と戦った？」とマイケル・ケリーが問いつめた。マイケルはプロモーターの弟で、イエローストーン賭博場を経営しており、ボクシングでも相当稼いでいた。

リベラは憎々しげな、無言の凝視を返した。

いかにも遊び人ふうの、若いプロモーターの秘書がせせら笑うのが聞こえた。

「で、お前、ロバーツの知りあいなんだな」敵意に満ちた沈黙をケリーが破った。「ロバーツの奴、もう来るはずなんだが。呼びに行かせたんだ。とにかく待ってろ、まあ見た限りじゃお前にゃこれっぽちも勝ち目はないがな。勝負が見えてる試合を客に押しつけるわけには行かん。リングサイド席は十五ドルするんだぞ」

やっと現われたロバーツは、見るからにほろ酔い機嫌だった。背の高い、痩せた、関節の緩そうな男で、歩き方も、喋り方同様滑らかで、憂《うれ》い気味にもっさりしていた。

　ケリーは即座に要点に入った。

「おいロバーツ、お前このちびのメキシコ人見つけたって威張ってたよな。カージーが腕折ったのは知ってるだろ。この小僧、今日ひょっこりやって来て、カージーの代わりに出るって言うんだ。どうなってんだ？」

「大丈夫だよ、ケリー」間延びした答えが返ってきた。「こいつならちゃんと戦える」

「次はお前、こいつならウォードに勝てるとか言い出すんだろうな」ケリーが嚙みついた。

　ロバーツは落着き払って考えた。

「いや、そうは言わない。ウォードは超一流、リングの名手だ。だけどいくらウォードでも、こいつをあっさり倒せはしない。俺はこいつを知ってる。こいつを痛めつけられる奴は一人もいない。痛がる神経がないらしいんだな。それにこいつは両手利きなんだ。どの位置からでも必殺パンチをくり出せる」

「そんなことどうでもいい。どれくらいマシな試合ができる？　長年ボクサーをトレーニングさせて調整してきたお前だ、その判断は尊重する。客はモト取ったと思えるくらい楽しめるか？」

「ああ、大丈夫だとも。ウォードの奴、さんざん手こずるぜ。お前はこの小僧を知らない。けど俺は知ってる。俺が発見したんだ。こいつには痛がる神経がない。こいつは悪魔さ。大した奴だよ、ほんとに。きっとウォードもたじたじだぜ、お前らみんなハラハラするぜ。ウォードに勝つとは言わんが、十分見せ場は作る。みんなこいつのこと大した新人だって思うさ」

「わかった」。ケリーは秘書の方を向いた。「ウォードに電話しろ。何か出てきたら呼び出すからなって言ってある。イエローストーンにいるんだ、あそこでふんぞり返って有名人ごっこやってるんだよ」。ケリーはトレーナーの方に向き直った。「一杯やるか？」

ロバーツはハイボールをちびちびやりながら、一部始終を打ちあけた。

「まだ話してなかったよな、この小僧どうやって見つけたか。二年ばかり前にひょっこりジムに来てさ。俺はプレーンを、ディレイニーとの試合に向けて調整してる最中だった。プレーンてのは残忍な奴だ。思いやりなんてこれっぽちもない。で、スパーリングのパートナーをコテンパンにのしちまって、代わりにやってくれる人間が見つからなくてさ。もうお手上げかってところで、この腹すかしたメキシコのチビがうろうろしてたわけで。引っぱってきて、グラブつけさせて、リングに上げたのさ。そしたらこれがおそろしくタフなんだよな。ただし弱い。それにボクシングのイロハも知らない。結局プレーンにズタズタにやられた。でも二ラウンド粘ってさ、見てて気持ち悪くなるくらいだったけどな、最後はとうとう失神。要するに腹を空かしてたのさ。ボロボロだったかって？　顔なんかまるっきり別人になってたね。褒美《ほうび》に五十セントやって、飯もしっかり食わしてやった。こいつがガツガツ食うところ見せたかったね。二日ばかり何も食べてなかったんだ。これでもう来ないだろうな、とこっちは思ったわけだ。

ところが次の日、また来た。体中傷だらけなのに、五十セントと腹一杯の飯が目当てで、やる気満々なのさ。そうやっていくうちに、だんだんうまくなってきた。とにかく生まれついてのボクサーなんだ、信じられないくらいタフで。こいつには心ってものがない。氷の塊さ。知りあってから、一度に続けて十語以上喋ったのを聞いたことないね。余計なことはいっさい言わない。だけどやることはきっちりやる」

「こいつ、見たことありますよ」と秘書が言った。「あんたずいぶん使ってますよね」

「軽量級で強い奴は、みんなこいつをパートナーに使ってる」ロバーツは答えた。「それでこいつもずいぶん勉強になったんだ。何人かは、こいつが本気出せば負かせたと思うね。だけど全然本気にならないんだよな。要するにこいつはボクシングが好きじゃないんだなって思ったよ。まるっきりそういうそぶりを見せない」

「この何か月か、小さいとこで試合してただろ」ケリーは言った。

「そうなんだ。何があったか知らんけど、急に気合入れるようになって。すごい勢いでリングに上がって、地元の連中を片っ端からやっつけた。金が欲しいみたいで、そこそこに稼ぎもしたよ、服からは全然そう見えないけどな。変わってるんだよ。ふだん何やってるのか、いつもはどこにいるのか、誰も知らない。スパーリングの仕事がある時期も、毎日終わるとさっさとどこかへ消えちまう。時には何週間も全然姿を見せない。それに、誰の忠告も聞かない。こいつのマネージャーになったら一財産稼げると思うんだが、本人は相手にしないのさ。それでいて金の交渉となると、これがおそろしく粘る」

ここまで話が進んだところで、ダニー・ウォードが現われた。何とも華やかな登場だった。マネージャー、トレーナーを連れて、愛嬌たっぷり、さも気さくでにこやかな突風のように威勢よく入ってくる。挨拶が飛び交い、こっちではジョーク、そっちでは愛想よい口答え、誰に対しても笑顔か笑い声。だがそれはウォードの手口であり、本当に誠実なふるまいではなかった。ウォードはすぐれた役者であり、世間を渡っていくなかで、愛想というものがきわめて貴重な強みであることを経験から学んでいたのである。その愛想の下には、計算高い、冷血漢のボクサー兼ビジネスマンがいた。外づらは仮面にすぎなかった。彼を知る連中、彼と取り引きした連中は口々に、肝腎な話になるとあいつは「やり手のダニー」だと言った。ビジネスの相談にはかならず自分も出ていったし、あのマネージャーはただの看板みたいなものでダニーの考えをオウム返しにするだけが仕事なのさ、と言う者もいた。

リベラのふるまいは違っていた。彼にはスペイン人の血と、さらにインディオの血が流れていた。部屋の隅に座って、何も言わず、じっと動かず、黒い目だけが顔から顔へと動いて、すべてを見てとっていた。

「で、そいつか」とダニーは言って、値踏みするような視線を対戦相手の上に走らせた。「よう、こんちは」

リベラは目を悪意に燃やすばかりで、何の挨拶も返さなかった。彼はすべてのアメリカ人《グリンゴ》を嫌っていたが、このグリンゴはその彼にしても珍しいほど烈しく憎かった。

「おいおい！」とダニーはおどけてプロモーターに抗議してみせた。「まさか喋れも聞こえもしない奴と戦えってんじゃないだろうな」。笑い声が収まると、もうひとつギャグを決めた。「これでベストだってんじゃ、ロサンゼルスも焼きが回ったな。こいつ、どこの幼稚園から連れてきた？」

「こいつは結構いけるぜ、ダニー。俺が保証する」とロバーツが弁護した。「見た目ほど楽じゃない」

「それに切符ももう半分売れたんだよ」とケリーが拝み倒すように言った。「とにかくこいつとやってくれよ、ダニー。こっちもこれで精一杯なんだよ」

ダニーはもう一度、ぞんざいな、見下した視線をリベラに走らせ、ふうっとため息をついた。

「ま、だいぶ手加減してやらなきゃなるまいな。とにかくこいつがブチ壊しにしちまわないといいがな」

ロバーツが鼻を鳴らした。

「気をつけた方がいいぞ」とダニーのマネージャーが注意した。「新米にはラッキーパンチってこともある、甘く見ちゃいかん」

「わかった、わかった、気をつけるとも」ダニーはにっこり笑った。「お客さまのために、はじめはちょいといたぶって、あとは適当にあやしてやるさ。十五ラウンドでどうだ、ケリー？

そこまで行ったらダウンってことでさ」

「ああ、いいとも。とにかく真に迫るようにやってくれれば」

「じゃあビジネスと行こう」。ダニーは言葉を切って、頭のなかで計算した。「もちろん、カージーのときと同じで、入場料の六十五パーセントだ。だけど分け方は別だぜ。こっちに八十パーセントってとこかな」。そしてマネージャーに、「それでいいか？」と言った。

マネージャーはうなずいた。

「おい、お前、わかったか？」ケリーがリベラに訊いた。

リベラは首を横に振った。

「こういうことだ」ケリーが講釈した。「ボクサーの取り分は入場料収入の六十五パーセント。で、お前は無名の新米だ。だからダニーと分けるにしても、お前には二十パーセント、ダニーに八十パーセント。それで公平だろ、ロバーツ？」

「実に公平だぞ、リベラ」とロバーツも同意した。「お前まだ、名前売れてないんだからな」

「入場料収入の六十五パーセントって、いくらになる？」とリベラが強い口調で訊いた。

「そうだな、五千ドルかな、うまく行けば八千ドルだ」ダニーが割って入った。「だいたいそのあたりだな。お前の取り分は千とか、千六百とかだ。俺みたいに売れてる奴に負けて、それだけもらえりゃ万々歳だぞ。どうだ？」

それから、リベラが一同を唖然とさせた。

「勝った方が全部取る」と彼はきっぱり言った。

死んだような沈黙が広がった。

「赤ん坊からキャンディ取り上げるようなもんだぜ」ダニーのマネージャーが言った。

ダニーも首を横に振った。

「俺はもう長年やってる。そういうやり方はしない」とダニーは説明した。「べつにレフリーを疑ってるわけじゃないし、ここにいる皆さんを疑ってるのでもない。よくあるような、賭元が絡むとか八百長だとかいう話でも全然ない。俺が言いたいのはだな、俺みたいなボクサーにはこれって決していい商売じゃないってことだ。だから安全なやり方で行く。何があるか、わからんだろう？　腕を折るかもしれん。誰かにこっそり薬を飲まされるかもしれん」。ダニーは重々しく首を横に振った。「勝っても負けても、八十パーセントはもらう。どうだ、メキシコ人？」

リベラは首を横に振った。

ダニーはカッとなった。いよいよ「肝腎な話」のはじまりだった。

「この薄汚ねえラテン野郎が！　いまここでその頭、叩き落としてやろうか」

ロバーツがもっさりと体を伸ばし、敵意と敵意のあいだに割って入った。

「勝った方が全部取る」とリベラがむすっとした声でくり返した。

「何だってそんなにツッパる？」ダニーが訊いた。

「お前に勝てるから」とまっすぐ答えが返ってきた。

ダニーは上着を脱ぎかけた。が、マネージャーも承知していたとおり、それはスタンドプレーだった。結局上着は脱がれず、ダニーはみんなになだめられるふりをした。誰もがダニーに同情した。リベラは孤立していた。

「いいかおい、阿呆」ケリーが議論を引き継いだ。「お前はまるっきりのゼロだ。ここ何か月か、お前が何やってたかは知ってるぞ。地元の素人連中を叩きのめしてたんだろう。ダニーは一流のプロだ。この次はチャンピオン試合なんだぞ。それに引き替え、お前はまったくの無名だ。ロサンゼルスの外で、お前の名前聞いたことある奴なんか一人もいないぞ」

「いるようになるさ」リベラは答えて肩をすくめた。「この試合が済んだら」

「お前、ちょっとでも俺に勝てると思ってるのか？」ダニーが呆れて言った。

リベラはうなずいた。

「おいおい、ちっとは道理を考えろ」ケリーが頼み込むように言った。「お前にとっちゃいい宣伝なんだぞ」

「欲しいのは金だ」がリベラの答えだった。

「千年かかっても俺には勝てないぜ」ダニーが請けあった。

「じゃあどうして断る？」リベラが言い返した。「そんなに簡単に金が手に入るんだったら、入るようにすればいい」

「ああ、そうするとも！」ダニーは一気に決心を固めてどなった。「リングで死ぬまで殴ってやるからな。俺さま相手に、偉そうな口利きやがって。ケリー、契約書作ってくれ。勝った方が全部取るんだ。スポーツ欄でも書き立てさせろよ。遺恨《いこん》試合だって言ってやれ。この生意気な小僧にちっとばかり教えてやるんだ」

ケリーの秘書が書類を書きはじめていたが、ダニーがそれをさえぎった。

「ちょっと待て！」彼はリベラの方を向いた。

「計量は？」

「リングサイド」

「冗談じゃないぜ、生意気野郎。勝った方が全部取るんだったら、計量は午前十時だ」

「で、勝った方が全部取るのか？」リベラが訊いた。

ダニーがうなずいた。これで決まりだ。こうしておけば、しっかり力をつけてリングに上がれる。

「十時に計量」リベラが言った。

秘書のペンがガリガリ音を立てていった。

「五ポンド変わるんだぞ」とロバーツがリベラにぼやいた。「お前、譲歩しすぎだぞ。いまので勝負を投げたも同然だ。絶対ダニーにやられるぞ。ダニーの奴、雄牛みたいに元気だろうよ。お前は馬鹿だ。露一滴の勝ち目もありゃしない」

リベラの答えは、落着き払った憎悪のまなざしだった。このグリンゴすらも、やはり軽蔑の対象なのだ。グリンゴのなかでは、まあ一番まともだと思っていたのに。

Ⅳ

リングに上がったリベラを、人々はほとんど目にとめなかった。ごくわずか、気のない拍手がまばらに生じただけだった。観衆はリベラの力を信じていなかった。彼は偉大なるダニーの手で屠《ほふ》られるべく連れてこられた子羊だった。そして観衆は、がっかりしてもいた。ダニー・ウォードとビリー・カージーの死闘を期待してやって来たのに、こんな駆け出しとの試合を見せられるなんて。さらに、変更への非難を表明すべく、彼らはダニーに二対一で、人によっては三対一で賭けていた。そして観客の心とは、金を賭けたところにあるものなのだ。

メキシコ人の若者は、自分のコーナーで座って待った。一分一分、時間がのろのろと過ぎていく。ダニーはわざと彼を待たせていた。ありふれたやり口だが、若い、経験の浅い相手には効果絶大の手だ。コーナーに座った新人ボクサーが、自分の不安と向きあい、煙草をふかす冷淡な観衆と向きあっているうちに、だんだん恐怖が募ってくる。だが今回ばかりは、それも効かなかった。ロバーツの言うとおりだった。リベラには痛がる神経がないのだ。どのボクサーより華奢な体格で、神経も繊細に作られていながら、この手のことにはまったくの無神経だった。自分のコートに漂う、もうこいつの負けは決まったという雰囲気も意に介さなかった。どうせセコンドはみなグリンゴであり赤の他人であり、おまけにケチな小物たちなのだ。道義も才覚もない、ボクシング界の薄汚い滓。こっちの負けだと確信するゆえ、彼らの心はますます冷えびえとしていた。

「いいか、気をつけるんだぞ」スパイダー・ハガティがリベラに念を押した。スパイダーは彼のチーフセコンドである。「できるだけ長続きさせろ——これはケリーからの指示だ。早々終わったりしたら、また八百長だの何だの、ロサンゼルス中でさんざん騒ぎ立てられちまうからな」

励みになる要素はひとつもなかった。だがリベラは気にしなかった。彼はそもそも、賞金目当ての戦いを軽蔑していた。こんなのは憎いグリンゴの、憎いゲームだ。ジムでスパーリングパートナーをやるようになったのも、腹を空かしていたからにすぎない。自分がボクシングにものすごく向いていることも、彼には何の意味もなかった。彼はボクシングが憎かった。フンタに加わるまでは、金のために戦ったこともなかった。そして金は簡単に手に入った。人類の歴史において、自分が蔑む仕事で成功した者は数多い。リベラもその一人だった。

理屈で考えたりはしなかった。わかっているのはただ、この試合に勝たねばならないということ。それ以外の結果はありえない。彼の背後には、そうした信念を与えてくれる力、満員の観衆が夢見たこともない深遠な力があった。ダニー・ウォードは金のために、金がもたらしてくれる安楽な暮らしのために戦っている。だがリベラが戦うのは、燃えるような、恐ろしい幻のためだ。脳のなかで燃えているその幻を、リベラはコーナーに独り座ってずる賢い相手を待ちながら、目を見開き、かつてそれを生きたとおりにありありと見ていた。

リオ・ブランコの、白い壁の水力工場をリベラは見た。飢えた青白い六千の労働者を見て、七歳、八歳の、一日十セントで長時間働かされる子供たちを見た。徘徊する死体たちを、染色場で重労働にあえぐ男たちの身の毛もよだつ髑髏《どくろ》を見た。誰でも一年で死ぬ染色場のことを、父親が「自殺の巣」と呼んでいたことを思い出した。小さな中庭《パティオ》を彼は見た。料理を作って、貧しい家を切り盛りして朝から晩まで働き、その合い間に彼を可愛がる時間もひねり出してくれた母親を見た。大柄の、大きな口ひげとたくましい胸の、誰よりも心優しい、すべての人間を愛しながらどこまでも心が広いゆえ妻のためそしてパティオの隅っこで遊んでいる男の子《ムチャーチョ》のためにも愛がまだたっぷり残っていた父親を彼は見た。当時、彼の名前はフェリペ・リベラではなかった。父と母と同じく、フェルナンデスだった。両親は彼をフアンと呼んだ。のちにそれを自分で変えたのは、フェルナンデスという名が、警察の長官連中や、政治指導者や、騎馬警官たちに憎まれていることを知ったからだった。

優しい大男、ホアキン・フェルナンデス！　リベラの幻のなかで、父は大きな場所を占めていた。あのころは理解できなかったが、いまふり返るとよくわかる。父が小さな印刷所で活字を組んでいたり、恐ろしく散らかった机の上でせわしなく言葉を何行も何行も書き綴っていたりするのが見えた。そして、あの一連の不思議な晩。闇のなかを、まるで悪事にでも携わるかのようにこっそりやって来た労働者たちを父親が出迎え、みんなで何時間も話しあい、隅っこに横たわる男の子はいつも眠っているとは限らなかった……。

あたかもずっと遠くからの声のように、スパイダー・ハガティが喋っているのが聞こえた。

「しょっぱなでダウンするなよ。そういう指示だからな。しっかりパンチを受けて、ちゃんと務めを果たすんだぞ」

十分が過ぎ、彼はまだコーナーに座っていた。ダニーの気配はどこにもなかった。明らかに、心理戦術をとことん活用する気なのだ。

だがさらなる幻が、リベラの記憶の目の前で燃えていた。ストライキ、いやむしろロックアウト。リオ・ブランコの労働者たちが、ストを決行したプエブラの同志たちを支援したのだ。ひもじさ。果実を漁りに山へ行った体験。みんなが食べて、みんなが腹を痛めつけられた根や草。それから、悪夢。会社の倉庫の前の荒れはてた地面。何千もの飢えた労働者。ロサリオ・マルティネス将軍と、ポルフィリオ・ディアスの兵士たち。死を吐き出すライフルがその吐き出しを永遠にやめそうにないと思えるなか、労働者たちに為された不正は何度も何度も労働者自身の血で洗われた。そしてあの夜！　殺された者たちの遺骸をうずたかく積んで、海のサメの餌食とすべくベラクルスへ運んでいく貨車を彼は見た。彼はいまふたたび、その見るだに恐ろしい山に這いのぼり、父と母を探し、裸にされめった切りにされた彼らの遺体を見つけた。

母親の方はとりわけはっきり思い出された――外に出ているのは母の顔だけで、体はほかの何ダースもの死体の重みを負わされている。いまふたたびポルフィリオ・ディアスの兵士たちのライフルが炸裂し、いまふたたび彼は地面に伏せ、山で人に狩られるコヨーテのようにこそこそ逃げていった。

大きな歓声が耳に届き、ダニー・ウォードがトレーナーやセコンドを引き連れて中央通路を歩いてくるのが見えた。観客はみなすさまじい声を上げ、勝つに決まっている人気者を迎えた。誰もが彼に声援を送った。誰もが彼の味方だった。リベラのセコンドたちでさえ、ダニーがひょいと軽快にロープをくぐってリングに入るのを見て、ほとんど陽気と言っていいほど活気づいた。ダニーの顔からは、笑顔の連鎖がひっきりなしにくり出されていた。ダニーが笑うときは顔じゅうが笑っていた。目尻の笑い皺まで笑い、目の奥までも笑っていた。こんなに愛想のいいボクサーはほかになかった。その顔は善意と友愛をたえず謳《うた》い上げていた。誰もが彼の知りあいだった。彼はジョークを口にし、声を上げて笑い、ロープのなかから友人たちに挨拶した。遠くの席の人々は、讃嘆の念を抑えきれず、大声で「おーい、ダニー!」と叫んだ。歓喜に染まった好意の喝采が、まる五分続いた。

リベラは無視されていた。観衆から見て、彼はいないも同然だった。と、スパイダー・ハガティの肥満した顔が目の前に近づいてきた。

「ビビるんじゃないぞ」スパイダーは釘を刺した。「それと、さっき言ったこと忘れるなよ。

長続きするんだぞ。ダウンするなよ。ダウンしたら、更衣室で叩きのめせって指示が来てるからな。わかったか？　とにかく戦いつづけるんだ」

観客席から喝采が上がった。ダニーがリングを横切ってこっちへ近づいてきていた。身を乗り出し、リベラの右手を両手で握って、いかにも温かい気持ちがほとばしり出たという感じで勢いよく振った。笑いの花輪に包まれた顔が、リベラの顔のすぐ前まで寄ってきた。ダニーのスポーツマン精神をたたえる声があちこちから上がった。これから戦う敵に、兄弟のような親しみを込めて挨拶している。ダニーの唇が動き、その言葉が聞こえぬ観衆は、きっと何か気さくな戯れの言葉なのだろうと思ってまたも歓声を上げた。小声の言葉を聞いたのはリベラ一人だった。

「メキシコのネズミ野郎」と、明るい笑みに彩られた唇のすきまから言葉が漏れてきた。「半殺しにしてやるからな」

リベラは動かなかった。立ち上がりもしなかった。目で憎悪するだけだった。

「立て、犬公！」誰かが背後からわめいた。

リベラのスポーツマンらしからぬふるまいを見て、観衆は野次とブーイングを浴びせたが、リベラは動じず座っていた。リングの向こう側へ戻っていくダニーに、また大きな喝采が沸き起こった。

ダニーがガウンを脱ぐと、あぁ！　おぉ！　とほれぼれした声が上がった。その肉体は完璧であり、しなやかさ、健康、力を無理なくみなぎらせていた。肌は女の肌のように白く、滑らかだった。いっさいの優美さ、弾力性、強さがそこに宿っている。それはこれまでの何十という試合で立証済みだったし、あらゆるスポーツ雑誌にも写真が載っていた。

スパイダー・ハガティがリベラのセーターを頭から脱がすと、場内からうめき声が漏れた。肌が浅黒いせいで、彼の体はいっそう痩せて見えた。筋肉はあったが、ダニーのように目立ちはしなかった。観衆が見逃していたのは、その深い胸だった。それにまた、その肉の繊維の頑強さ、筋《きん》の瞬発力のすさまじさ、体全体を見事な戦闘機械にまとめ上げている神経系の精緻さも観客には知りようがなかった。彼らが見たのは、子供の体つきに見える、十八歳の浅黒い肌の子供、それだけだった。そこへ行くとダニーは違う。二十四歳の大人であり、体も大人の体だ。二人ともリング中央に立ってレフリーから最後の指示を受けるなか、対照はなおいっそうきわ立った。

新聞記者たちのすぐうしろにロバーツが座っていることにリベラは気がついた。いつも以上に酔っ払っていて、喋り方もそれに合わせてのろかった。

「気楽に行けよ、リベラ」とロバーツはもっさりした声で言った。「向こうはお前をあっさり片付けちまうわけには行かないんだから。最初はガンガン来るだろうが、あわてなくていい。とにかくカバーして、よけて、クリンチに持っていくんだ。そんなにこたえやしないさ。ジムでスパーリングの相手をしてると思えばいい」

リベラは聞こえたそぶりを見せなかった。

「ったく、無愛想な」とロバーツは隣の男に向かって呟いた。「いつもああなんだ」

だがリベラは、いつもの憎悪を顔に出すのを忘れていた。無数のライフルの幻が彼の目を覆っていた。場内見渡す限り、上の方の一ドル席まで、観客一人ひとりの顔がライフルに変身した。そして彼の目には、乾燥した、陽にさらされた、痛みに疼くメキシコ国境が見えた。長々と伸びたその国境にそって、銃がないばかりに足止めを食っているぼろ着の集団が見えた。

自分のコーナーで、リベラは立って待った。セコンドたちはすでに、カンバス地の椅子を持ってロープの外に這い出ている。四角いリングの対角線上から、ダニーがこっちを向いていた。ゴングが鳴って、試合ははじまった。観衆は歓喜の咆哮を上げた。しょっぱなからこんなに緊迫した試合は彼らも初めてだった。新聞の言うとおりだった。これは遺恨試合なのだ。スリークォーターの距離から、メキシコの小僧をのしてやろうという気もあらわに、ダニーがガードを固めてパンチの機を狙っていた。一発、二発、一ダース、出てきたパンチはとどまるところを知らなかった。まさにパンチの回転儀《ジャイロスコープ》、破壊のつむじ風だった。リベラはどこにもいなかった。嵐に呑み込まれ、百戦錬磨の名手があらゆる角度と位置からくり出すパンチのなだれの下に埋もれていた。圧倒され、ロープに追い込まれ、レフリーにブレークされて、ふたたびロープに追い込まれた。

それは戦いではなかった。畜殺であり、虐殺だった。プロボクシングの試合の観衆でなかったら、最初の一分で感情を使い尽くしてしまったことだろう。ダニーは存分に力を発揮していた。見事なパフォーマンスだった。観客はダニーの勝利を信じて疑わず、興奮し、ダニー贔屓《びいき》の目で見るあまり、メキシコ人が依然持ちこたえていることを意識していなかった。彼らはリベラを忘れていた。ダニーの必殺攻撃にすっかり包まれて、リベラの姿は見えなくなっていた。こうした状態が一分続き、二分続いた。それから、ブレークの際に、メキシコ人の姿がつかのま観客にもはっきり見えた。唇は切れて、鼻血が出ていた。体を回してよたよたとクリンチに持ち込むと、ロープに当たった背中が、血をにじませ赤い横棒を描いているのが見えた。だが観客が見落としたのは、彼の息が乱れていない――胸は上下に揺れていない――こと、目が相変わらず憎しみの炎を燃やしていることだった。これまでずっと、ジムでの情け知らずのスパーリングで、あまりに多くのチャンピオン志望者たちに、こうした必殺パンチの練習台にされてきたのだ。そうしたパンチに耐えることを覚えて、はじめは一回五十セントの小遣い銭だったのが、いまや週給十五ドルにまで出世していた。それは非情《ハード》な鍛錬だった。いまや体は頑強《ハード》に鍛え上げられていた。

それから、驚くべきことが起きた。目もくらむパンチの旋風が、突如止んだ。リングにはリベラが一人で立っていた。ダニーは、無敵のダニーは、仰向けに倒れていた。意識が体へ戻っていこうとあがくなか、体がぴくぴく震えていた。ダニーはよろめいて倒れたのでもなかったし、大きな軌跡を描いてくずおれたのでもなかった。リベラの右フックが、死のごとく突然、中空で彼を捉えたのだった。レフリーは片手でリベラを押し戻し、倒れた拳闘士の上にかがみ込んでカウントを数えた。きれいに決まったノックダウンパンチには、喝采を送るのがボクシングの観衆の慣わしである。だがこの観衆は喝采しなかった。それはあまりにも予想外の出来事だった。人々は言葉もなく、かたずを呑んでカウントを見守った。その沈黙を抜けて、ロバーツの得意気な声が上がった。

「言っただろう、こいつは両手利きだって！」

カウント5まで来たころには、ダニーは体を転がし顔を下に向けていた。7まで来ると、片膝をついて休み、カウント9と10のあいだで立ち上がる態勢を整えていた。もし「10」でまだ膝がフロアに触れていたら、「ダウン」とみなされノックアウトとなる。膝がフロアを離れた瞬間に「アップ」とみなされ、同時に、リベラが彼への攻撃を再開する権利が生じる。リベラはチャンスを逃す気はなかった。相手の膝がフロアを離れたとたんにまた打って出るつもりだった。ぐるっと回り込むと、レフリーも回り込んで二人のあいだに入った。それに、レフリーの数えるカウントがひどくのろいことにもリベラは気づいていた。グリンゴ全員が、レフリーまでも、彼の敵なのだ。

「9」でレフリーがリベラを乱暴に押し戻した。明らかに不公平だ。これでダニーは立ち上がることができて、唇にも笑みが戻った。いくぶん体を折り曲げ、両腕で顔と腹を包んで、巧みにクリンチへ持ち込んだ。ルールからすればどう考えてもここでブレークすべきだが、レフリーは何もしなかった。ダニーは波に打たれるフジツボのようにリベラにしがみつき、じわじわと回復していった。ラウンドの最後の一分がもうじき終わる。ここを持ちこたえられれば、コーナーに座ってまる一分休めるのだ。そして彼は持ちこたえた――最大のピンチにも笑顔を忘れず。

「絶対剝がれないスマイル！」と誰かがどなって、観衆はほっと息をつき、声を上げて笑った。

「あのラテン野郎、すごいタフだぜ」コーナーに戻ったダニーは、セコンドたちにあたふた世話を焼かれながら、肩で息をしつつトレーナーに言った。

第二、第三ラウンドはパッとしなかった。抜け目ないリング巧者のダニーは、戦いを避け、ブロックし、とにかく踏んばって、一ラウンドでの電撃パンチからの回復に努めていた。第四ラウンドでは、もうすっかり元に戻っていた。さっきは不意を打たれて動揺したものの、万全のコンディションのおかげで力が復活していた。だが今度は必殺攻撃には出なかった。相手は意外に手ごわいのだ。代わりに、ダニーは戦闘テクニックを最大限に駆使した。抜け目なさ、技術、経験、すべてにおいて彼は名手だった。決定的な一発は出せなくとも、少しずつショートブローを重ね、相手を疲れさせていき、リベラの一発に対して三発はくり出した。一発一発が致命的ではないが、その積み重ねがいずれ致命的なダメージとなる。左右とも驚くほど強いショートパンチを持つこの両手利きの若僧に、ダニーは一種の敬意をもって接した。

一方リベラは、防御に回りながらも、侮りがたい左ストレートをくり出すようになっていた。

何度も何度も、攻められるたびに左ストレートを出して逃れ、ダニーの口と鼻にじわじわダメージを与えていった。だがダニーも臨機応変だった。だからこそチャンピオン候補にもなれたのである。意のままに戦法を変える柔軟さが彼にはあった。そしてここは、接近戦で行くことにした。この戦法にダニーはことのほか巧みで、それにこれならリベラの左ストレートを避けられる。ダニーは何度も場内を沸かせ、きわめつけに、ブレークを解いたのち下から見事なインサイドのアッパーカットを決めた。メキシコ人は宙に舞い上がり、マットに墜落した。ダウンしたリベラは片膝をついて休み、カウントを最大限に活用した。レフリーが自分に対しては早くカウントしていることも意識していた。

第七ラウンドでふたたび、ダニーがすさまじいインサイドのアッパーカットを決めた。リベラはぐらっとよろけただけだったが、リベラのガードが一瞬完全に解けたすきを狙って、ダニーはもう一発パンチを決め、リベラをロープの外へ送り出した。下にいた新聞記者たちの頭上にリベラの体が落ちて弾み、記者たちはリベラをうしろから押してリングの端、ロープの手前まで送り出した。レフリーが口早にカウントするのを聞きながら、リベラはそこでしばし休んだ。リングに戻るには身をかがめてロープをくぐらねばならず、くぐる先にはダニーが待ち構えている。レフリーは割って入りもせず、ダニーを押し戻しもしなかった。

場内の興奮は最高潮に達していた。

「殺《や》っちまえ、ダニー、殺っちまえ！」と叫びが上がった。

何十人もが加わり、じきにそれは狼たちの戦《いくさ》の雄叫《おたけ》びと化した。

ダニーは待ち構えていたが、リベラはカウント9ではなく意表をついて8でロープをくぐり、首尾よくクリンチに持ち込んだ。今回はレフリーが手を出し、ダニーがパンチを出せるようリベラを引き離した。不公平なレフリーが与えうる限りのすべてのアドバンテージを、レフリーはダニーに与えていた。

だがリベラは生き延びた。脳のぼうっとした感覚もじき晴れた。何もかも同じことだ。彼らはみな憎いグリンゴであり、みな不公平なのだ。その不公平さの極致のさなかにも、リベラの脳のなかで幻は閃《ひらめ》き、光を発しつづけた。揺らめくように砂漠を貫く長い線路。メキシコの騎馬警官、アメリカの巡査。刑務所や留置場。給水塔を囲む浮浪者。それはみな、リオ・ブランコとストライキ後の彼の遍歴を綴る、みじめで痛ましいパノラマだった。そして彼は、輝かしく、壮麗に、偉大なる赤い革命が祖国の地に見る見る広がっていくさまを見た。何丁もの銃が彼の前にあった。憎い顔一つひとつが銃だった。彼は銃のために戦っているのだ。彼こそが銃だった。彼こそが革命だった。彼はメキシコすべてのために戦った。

観衆はリベラに苛立ちはじめていた。なぜこいつは大人しくパンチを受けないんだ？　どうせいずれ負けるに決まってるのに、何でこんなにしつこく粘る？　彼に興味を持っている人間はごくわずかであり、それはみな、群衆がギャンブルに興じればかならず一定数いる、大穴狙いの連中だった。ダニーが勝つと信じてはいながら、四対十、一対三といった賭け率で彼らはメキシコ人に賭けていた。リベラが何ラウンドまで持つかについても、少なからぬ金が絡んでいた。七ラウンドまで、いや六ラウンドまで持つか持たないか、といった賭けがリングサイドを飛び交っていた。すでに勝ちの決まった側の人々は、もう金の心配もなくなり、心おきなく人気者を応援していた。

だがリベラは負けなかった。八ラウンド中ずっと、ダニーはアッパーカットをもう一度決めようと空しく試み続けた。九ラウンドで、リベラはふたたび場内を唖然とさせた。クリンチの最中、すばやいしなやかな動きでロックを解くと、二人の体のあいだの狭いスペースで、彼の右が腰から飛び上がった。ダニーはフロアに倒れ、カウントを受けた。観衆は愕然としていた。ダニーは自分の一番得意な形で、相手にお株を奪われたのだ。名高い右アッパーカットを、逆に喰らってしまったのである。「9」で立ち上がるダニーを、リベラは捉えようというそぶりも見せなかった。さっき立とうとしていたのがリベラだったときはダニーを邪魔せぬよう離れていたレフリーが、今回は露骨にあいだに入っていたのだ。

十ラウンドに二度、リベラは右アッパーカットを決めた。腰からのパンチがダニーのあごに命中した。ダニーは必死になってきた。笑顔だけは消えなかったが、ふたたび必殺攻撃に出てきた。が、疾風のように攻めまくるものの、リベラにダメージを与えられはしなかった。一方リベラは、渦巻の向こうから三度続けてダニーをダウンさせた。いまやダニーの回復も前ほど早くはなく、十一ラウンドに入るころには相当参っていた。だがそこから十四ラウンドまでは、彼のキャリア最高の、不屈のファイトを見せた。勝負を避け、ブロックし、力をセーブして戦い、何とか元気を取り戻そうとした。それにまた、一流ボクサーとして知っているあらゆる汚い手を彼は使った。手練手管《てれんてくだ》の限りを尽くし、偶然と見せかけて無理矢理クリンチに持っていき、リベラのグラブを腕と胴で押さえ込み、自分のグラブをリベラの口にくっつけて息を邪魔した。クリンチの最中に何度も、切れた、笑みの浮かぶ唇から、口にしがたい下劣な侮辱をリベラの耳に流し込んだ。レフリーから観衆まで、誰もがダニーの味方であり、誰もがダニーを助けていた。そして彼らは、ダニーの狙いがわかっていた。予想に反し、このどこの馬の骨ともわからぬ新米に攻めまくられている彼は、すべてを一発のパンチに賭けているのだ。そこそこの殴打を受けるべくわざと前に出て、フェイントをかけ、それから引く。それもすべて、一瞬の隙《すき》を作って渾身《こんしん》の一撃を加え、流れをひっくり返すためなのだ。かつて別の、もっと偉大なボクサーがやったのと同じことをダニーはやろうとしている。右と左のワンツー、まずはみぞおち、次はあごへ。自分ならできる。立っていられる限り、両腕に残っているパンチ力では定評があるのだから。

インターバルの最中、リベラのセコンドはろくに世話もしてくれなかった。タオルはいちおう体裁どおり出されたが、あえぐ肺に空気を送り込むにはほとんど役に立たなかった。スパイダー・ハガティはアドバイスをささやいたが、それが間違ったアドバイスであることがリベラにはわかった。誰もが彼の敵なのだ。彼は四方裏切りに囲まれていた。十四ラウンドでふたたびダニーをダウンさせ、自分は両手を下ろして休みながらレフリーがカウントするのを聞いていた。さっきから、敵のコーナーで怪しげなささやきが飛び交っていることにリベラは気づいていた。マイケル・ケリーがロバーツのところに行って、身をかがめて何かひそひそ言うのが見えた。砂漠で鍛えられたおかげで、リベラの耳は猫のように鋭く、話が切れぎれに聞きとれた。もっと聞いていたかったので、ダニーが立ち上がるとロープぎわのクリンチに持っていった。

「絶対勝たせないと」とマイケルが、うなずいて聞いているロバーツに言うのが聞こえた。「ダニーに勝たせないと——負けたら俺は大損だ——ものすごい額を賭けたんだから——自分の金さ——あの小僧が十五ラウンド持ちこたえたら破産だ——あいつ、お前の言うことなら聞くだろ。何か言ってくれよ」

そのあとはもう、リベラは幻を見なかった。みんなで寄ってたかって、自分をペテンにかけようとしている。リベラはふたたびダニーをダウンさせ、両手を下ろして休んだ。ロバーツが立ち上がった。

「いまので決まりだな」とロバーツは言った。「コーナーに戻れ」

ジムでよく使う、有無を言わせぬ口調だった。だがリベラは憎悪の目を返しただけで、ダニーが立つのを待った。インターバルに入ってコーナーに戻ると、ケリーがやって来て声をかけた。

「おい、お前、負けろ」とプロモーターは耳ざわりな声を押し殺して言った。「ノックアウトされるんだよ。俺の言うこと聞いとけば間違いないぞ、将来は保証してやる。次回はダニーを負かしていい。だけど今回はお前にノックアウトされてもらわんと」

聞こえたということはリベラも目で伝えたが、同意も拒否も示さなかった。

「なぜ黙ってる?」ケリーが怒った声で言い寄った。

「どのみちお前、負けるんだぞ」とスパイダー・ハガティが言い添えた。「レフリーが勝たせやしないさ。大人しくケリーの言うとおり、ノックアウトされろ」

「ノックアウトされてくれよ、小僧」ケリーがすがるように言った。「チャンピオンにしてやるからさ」

リベラは答えなかった。

「本当だよ、嘘じゃない」

ゴングが鳴ると、何かが迫ってきていることをリベラは感じとった。観衆はそれを感じていなかった。それが何であれ、リングの上、彼のすぐそばにそれはあった。ダニーの当初の自信が戻ってきたように思えた。自信満々に攻めてくる様子が、リベラを怯えさせた。何か罠が仕掛けられようとしているのだ。ダニーが飛び込んできたがリベラは対決を拒み、サイドステップで逃れた。ダニーはクリンチを狙っている。どういうふうにかはわからないが、罠にはクリンチが必要なのだ。リベラは後退し、円を描いて逃れたが、遅かれ早かれクリンチになって罠が訪れることはわかっていた。必死の思いで、いっそクリンチを誘おうと決めた。ダニーが次に飛び込んでくると、クリンチに持っていこうとするそぶりを見せ、最後の瞬間、体がいまにもくっつくというところでさっとうしろに退《ひ》いた。と同時に、ダニーのコーナーが「ファウルだ!」と叫んだ。リベラにしてやられた仕返しだ。一瞬、決めかねたようにレフリーの動きが止まった。が、その唇にのぼりかけた決断は、結局口にされなかった——観客席から、一人の少年が甲高い声で「卑怯だぞ!」と叫んだのである。

ダニーは大っぴらにリベラを罵り、クリンチを強いてきたが、リベラは舞うように離れていった。そしてまた、もうボディは打つまいと決めた。そうすることで勝つチャンスを半分捨てることにはなるが、勝つにはもはや、距離を置いた戦いでないと駄目だとわかっていた。ちょっとでもそれらしく見えたら、きっとファウルを宣言されてしまうだろう。ダニーの方はいっさいの用心をかなぐり捨てていた。二ラウンドのあいだずっと、接近しようとしない相手を追いかけ、飛び込んできた。リベラは何発も何発も打たれた。危険なクリンチだけは避けるために何十もの殴打を浴びた。こうしたダニー最後の反撃の最中、観客は総立ちになって絶叫していた。彼らは何もわかっていなかった。彼らに見えるのは、自分たちのヒーローが結局は勝ちそうだということだけだった。

「なぜ戦わない?」彼らは怒り狂ってリベラに迫った。「臆病者! 臆病者!」「戦え、野良犬! 戦え!」「殺《や》っちまえ、ダニー! 殺っちまえ!」「あと一息だ! 殺れ!」

場内一人も、リベラ以外に冷静な人間はいなかった。気質、血筋からすれば誰よりも激しやすい人間だったが、いままで何度も、もっとずっと大きな熱狂をくぐり抜けてきていたから、こうやって一万人がくり返し波に乗るように絶叫している情景も、彼にとっては夏の黄昏のビロードのような涼しさでしかなかった。

十七ラウンドで、ダニーがいっそうの反撃に出てきた。リベラは強打を一発浴びて、うなだれ、沈みかけた。よろよろあとずさりし、両手は力なく垂れた。チャンスだ、とダニーは思った。いまならこっちの思うままだ。こうしてリベラの見せかけは功を奏し、彼はダニーの不意を捉えた。見事なパンチが口に命中した。ダニーはくずおれた。立ち上がると、リベラは今度は右の打ちおろしのパンチを首とあごに決めてダニーを倒した。これが三度くり返された。どんなレフリーでも、これをファウルとは言えない。

「ビル！　何とかしてくれよ、ビル！」ケリーがレフリーに訴えた。

「無理だよ」レフリーが嘆きの声を返した。「全然隙がないんだよ」

打ちのめされながらも、英雄的に、ダニーはなおも向かってきた。リング近くにいるケリーらが、もうやめさせろと警察に向かって叫びはじめたが、ダニーのコーナーは依然タオルを投げ入れようとしなかった。太った警部がロープのあいだからぎこちなくよじのぼってくるのがリベラにも見えたが、それがどういう意味なのかはよくわからなかった。このグリンゴどものゲームには、本当にたくさんインチキのやり方があるのだ。立ち上がったダニーは、リベラの目の前、グロッキー状態で力なくふらついていた。レフリーと警部の両方がいまにもリベラに手をのばそうとしたところで、リベラは最後の一撃を送り出した。戦いを止める必要はなかった。ダニーは起き上がらなかった。

「カウントしろ！」リベラが嗄《か》れた声でレフリーに叫んだ。

カウントが終わると、ダニーのセコンドたちが彼を抱え上げ、コーナーへ連れていった。

「どっちの勝ちだ？」とリベラが問いつめた。

しぶしぶと、レフリーはグラブをはめた彼の手を取り、頭上に掲げた。

リベラを祝う声はひとつもなかった。付き添いもなしに、セコンドが椅子を戻してすらいないコーナーまでリベラは歩いていった。そして彼はロープに寄りかかり、憎悪の目を観客に向けた。その目を場内一帯に、一万のグリンゴ全員を収めるまで走らせた。膝ががくがく震え、疲れのあまり目からは涙が出ていた。吐き気に目もくらむなか、リベラの眼前で、憎い顔たちが前後に揺れた。それから彼は、顔たちが銃であることを思い出した。銃はみな彼のものだった。これで革命は続行できるのだ。

水の子
The Water Baby

老コホクムがマウイの偉業と冒険をえんえん唱えるのを、私はいささかうんざりした思いで聞いていた。マウイとはプロメテウスにも似たポリネシアの半神で、天に結びつけた釣針で海底から陸地を釣り上げ、また、それまでは立つ余地もなく這って動いていた人間たちが立って歩けるよう空を持ち上げてやり、さらに、十六のもつれあった脚を持つ太陽を立ち止まらせ今後はもっとゆっくり空を渡ると約束させた張本人である。太陽はどうやら労働組合支持であり一日六時間労働を提唱し、一方マウイは反組合、一日十二時間労働を求めたらしい。

「さてこれは」とコホクムは言った。「リリウオカラニ女王その人の一族の歌だ――

『このままでは物足らぬと　マウイは
仕掛けた罠で太陽と戦った。
そうして　冬は太陽が勝ちとり
夏はマウイのものとなった……』」

私自身ポリネシアの生まれなので、ハワイの神話にはこの老いた漁師より詳しいのだが、これほどの記憶力は持ち合わせていないから、こんなふうに何時間もぶっ続けで語ったりはできない。

「で、あんた、こういう話をみんな信じるのかね?」と私は、耳に心地よいハワイの言語で問い詰める。

「ずっと昔の話だ」と老コホクムは考え深げに言った。「わしとて自分の目でマウイを見たわけではない。けれど何代も前からずっと、老人たちはみなわしらにこういう話を聞かせてくれたのであって、わしも老人となったいまそれを息子や孫に聞かせ、息子や孫たちもこれからずっと自分の息子や孫に聞かせてゆくのだ」

「じゃああんたは信じるのかね」と私はなおも粘った。「マウイが太陽を、野生の仔羊でもつかまえるみたいに縄で捕らえたとか、空を大地から引き揚げたとかいった大法螺を？」

「ラカナよ、わしは卑しい身であり、賢くもない」とわが漁師は答えた。「だがそんなわしも、宣教師たちがハワイ語に翻訳してくれた聖書を読みはした。そうしたら、お前たちの〈はじまりの大男〉ときたら、地と空を作り太陽と月と星々を作り、馬からゴキブリまで、はたまた百足《ムカデ》や蚊から海虱《ウミジラミ》や水母《クラゲ》まであらゆる生き物を作り、男と女を作りすべてを作り、しかもそれを全部六日でやってのけたというではないか。マウイはそんな大それたことはやっておらん。何ひとつ作りはしなかった。物事を整えただけであって、それをするにもおそろしく長い時間がかかったのだ。そもそも大法螺より小法螺を信じる方がずっと簡単だし、理にも適っているのではないかね」

私に何と答えられよう？　理にも適って云々を言われれば、実際そのとおりなのだ。おまけに私は頭痛がしていた。皮肉なことに、私も内心認めざるをえなかったとおり、人類は直立歩行をはじめる前は四つ足で駆け回っていたと進化論もはっきり説いているのだし、地球の自転速度がじわじわ遅くなっていて一日がだんだん長くなっていることは天文学が断定しており、ハワイ諸島全体が火山の活動によって海底から隆起したことも地震学者たちが認めているのである。

　幸いそのとき、百メートルばかり離れた水面に浮かんでいた竹の棒が一本、いきなりぴんと立って悪魔の踊りをやり出したのが目に入った。詮ない議論を打ち切る好機だと、コホクムと私は櫂《かい》を水に浸し、踊る竹めざして小さなカヌーをまっしぐらに走らせた。竿の端に結んだ糸をコホクムが摑んでたぐり寄せると、やがて体長六十センチのウ、キ、キ、キが陽ざしのなかでその濡れた銀色の体を光らせ、最後まで烈しく抵抗し、カヌーの床に刺青《いれずみ》を叩きつけた。コホクムはのた打つぬるぬるの烏賊《イカ》を一匹つまみ上げて、餌の大きさの分だけ歯で食いちぎり、釣針に刺して、糸と錘《おもり》もろとも船べりから海に垂らした。竿は水面に平らに浮かび、カヌーはゆっくりと離れていった。一ダースばかり、どれも平らに横たわるそれらの竿が形作る三日月を見渡しながら、コホクムは裸の脇腹で両手を拭い、退屈な、何世紀も前から伝わるクアリの歌をやり出した――

「おお、マウイの偉大なる釣針よ！
マナイ－イ－カ－ラニ――天空にしかと結ばれて！

気高きカウイキの丘から引き揚げられた針を
地でよじった糸が縛る！
餌は　女神《ヒナ》にとっての聖なる鳥たる
赤い嘴《くちばし》の水鳥《アラエ》！
はるかハワイに沈んでいって
暴れ　苦しみつつ死んでゆく！
水の下の陸地が針にかかって
水面《みなも》へと　ぐんぐん上がっていくものの
ヒナは鳥の翼を隠し
水の下で陸地を壊してしまった！
餌は水中でかっさらわれ
たちまち　深きぬかるみの魚たる
ウルアに食べられた！」

前の晩の葬式で酒を飲みすぎたせいで、コホクムの老いた声はガラガラにしゃがれていて、そのことも私の苛立ちを減じはしなかった。私の頭は痛んだ。水に照りつける陽光で目も痛かったし、ぶよぶよ揺れる海の上でカヌーがおどけるせいで、船酔いにもなりかけていた。空気は澱んでいた。白浜と砂州にはさまれたワイヒーの入江にあって、何ひとつ動かぬ暑苦しさを和らげるそよ風もなかった。あまりの気だるさに、釣りはもうやめにして陸へ上がる決断をするだけの元気もなかった気がする。

目を閉じて寝そべっていると、時の流れを私はいつしか失っていった。コホクムが歌っていることも、歌が止むまでは忘れていたくらいだった。叫び声に目を開けると、太陽が目を刺した。コホクムが水中を覗くための箱めがねを見下ろしていた。

「大きいぞ」と彼は言って箱を私に渡し、船べりをまたいで足から水中に入っていった。跳ねも上げず漣《さざなみ》も立てずに水中に入ったコホクムは、体の向きを変え、底めざして泳いでいった。私は箱めがねを通して彼の動きを追った。箱めがねといっても、縦六十センチばかりの長方形の箱の上が開いていて、底には普通のガラス板をはめ込んで防水が施してあるだけの話である。

退屈な男であり、その口数の多さにはほとほと閉口させられるコホクムだが、水中を潜っていく姿には感嘆せざるをえなかった。七十を過ぎているのに槍のように細身で、ミイラのように萎《しぼ》んでいて、私の人種では若い運動選手でもまずやろうとしないことを——やろうにもできないことを——やってのけている。海底までは十二メートルある。その海底に、一部は露出しているものの大半は珊瑚の塊の下に隠れている、目当ての生き物が見てとれた。老人の鋭い目は、頭足動物から突き出た一本の触手を見逃さなかったのだ。と、コホクムが泳いでゆくさなかにも、触手は物憂げに引っ込められ、いまやその生き物は完全に姿を消した。だが、一本の触手の一部がつかのま露出しただけで、それが相当に大きな頭足類であることははっきりわかった。

深さ十二メートルでの水圧ともなれば、若い人間にとっても冗談では済まない。なのにこの老人はそれもまったく気にしていない様子だった。武器も持たず、小さな腰布以外何も着けていないというのに、獲物と定めた手ごわい相手に少しもひるんでいない。コホクムが右手で珊瑚をつかんで身を支え、左腕をその穴に、肩まで突き入れるのが見えた。三十秒が過ぎ、その間ずっと左手で探り、捜しているらしかった。やがて、触手が次々、無数の吸盤をたたえ狂おしく身を波打たせながら現われた。それら触手は老人の片腕をつかんで、さながら蛇の群れのごとく彼の周りでのたくり、輪を描いた。やがて、ぐいっと大きく上に動いて、動物全体が姿を現わした。堂々たる蛸だった。

ところが老人はいっこうに、己の自然の場たる水上へ戻ろうというそぶりも見せない。水深十二メートルにあって、触手の先から先まで三メートル近くに及ぶかという、どんなに屈強な泳ぎ手でも楽々溺れさせてしまいそうな蛸に抱きすくめられているにもかかわらず、落着き払って、あっさりと、この化け物に対して唯一自分が優位に立てる業をやってのけた——すなわち、鷹のように痩せこけたその顔を、ぬるぬるとのたうつ塊のど真ん中に突き入れて、年季の入った数本の牙で、相手の中核たる心臓に嚙みついたのである。それを成し遂げると、深みから水圧の異なる場へ移る際の鉄則どおり、ゆっくりと上昇していった。やがてカヌーのかたわらに姿を現わすと、体はいまだ水に入ったまま、へばりつくおぞましい化け物を剝ぎとりながら、度しがたい老いた罪人はいきなり、これまで何代にもわたって先祖たちが蛸や烏賊を捕らえる際に唱えてきた祈りの文句を唱えはじめた——

「おお　禁忌《きんき》の夜の海神《カナロア》よ！
揺るぎない水底に立ちたまえ！
蛸の横たわる底に立ちたまえ！
深き海の蛸を捕らえんと　立ち上がれ！
おお　いざ起《た》て、カナロアよ！
動け！　動け！　蛸を目覚めさせよ！
平ったく横たわる蛸を目覚めさせよ！
横たわる蛸の身を広げさせよ……」

私は目を閉じ耳をふさぎ、手を貸そうともしなかった。助けなどなくとも、コホクムがこの不安定な乗り物に、転覆の心配など少しもなく乗り込めることはわかっていた。
「実に立派な蛸だ」と老人はあやすような声で言った。「こいつはワヒーン蛸だ。今度はタカラガイの歌を歌ってやろう。昔は蛸をつかまえる餌にタカラガイを使って——」

「あんた、昨晩の葬式で醜態だったそうだな」と私は話をそらした。「すっかり聞いたぞ。さんざん騒いだそうじゃないか。みんなの耳がつぶれるまで歌って。未亡人の息子を侮辱して。豚みたいに酒を飲みまくって。あんたの歳で酒はよくないぞ。そのうち目が覚めたら死んでるぞ。だいたいいまだって、もうボロボロでいてしかるべき——」

「ハ！」とコホクムは言ってクックックッと笑った。「そう言うお前は、酒を飲みもせず、わしがもう年寄りだったときにまだ生まれてもいなかったお前は、昨日の晩だって太陽や鶏とともに床に就いたのに、今日はボロボロではないか。どうしてだか、説明してほしいね。昨晩わしの喉はひどく渇いておったが、いまは耳がひどく渇いて、聞きたくてしょうがないのだ。見よ、今日のわしは、ヨットでここへやって来たあのイギリス人がよく言っておったように、調子は上々、元気潑剌《はつらつ》なのだ」

「始末に負えない奴だ」と私は言い返し、肩をすくめた。「はっきりしているのはただひとつ、悪魔だってあんたなぞ歓迎せんってことだ。あんたの歌の噂はもう届いているからな」

「いいや、そんなことはない」と老人は本気でじっくり考えながら言った。「わしが来るのは悪魔も嬉しいはずだ。悪魔が喜ぶ歌をいくつも知っておるし、奴が脇腹をひっかいて面白がる、首長や王をめぐる醜聞や昔の噂話もどっさり知っているのだから。わしの誕生の秘密をお前に聞かせてやろう。わしの母親は海だ。わしは二双カヌーの上で、南西風《コナ》の吹き荒れるさなかにカホーラウェの海峡で生まれた。わしの力も、母たる海からもらったのだ。今日もそうだったように、母親の両腕に、抱擁を求めるがごとくに戻っていくたび、わしはたちまちまた力を取り戻す。わしにとって、海は乳を与うる者であり、生の源であり――」

「アンタイオスにも通じる！」と私は思った〔アンタイオスは海神ポセイドンと大地神ガイアのあいだに生まれた巨人〕。

「いつの日か」と老コホクムはなおも喋っている。「わしが本当に老いたとき、人間たちのあいだでは、あいつは海で溺れたと報じられることだろう。それは浅はかな考えだ。実のところは、母親の腕のなかに帰ったのであって、母の胸で休んでから、もう一度生まれて陽のなかに飛び出すのだ、黄金の若者だったころのマウイその人と見紛《みまご》う輝ける若者となって」

「変な宗教だな」と私は評した。

「若いころはわしも、もっと変な宗教にかぶれたものだ」と老コホクムは言い返した。「だが翁《おきな》の叡智を聞くがいい、若き賢者よ。よいか、齢《よわい》を重ねるにつれて、わしはだんだん、外に真理を求めなくなり、己の内に真理を見出すようになってきた。母のもとに帰るとか、母からもう一度生まれて太陽のなかへ出るとかいった思いは、いったいどうやって思いついたのか？お前にはわからんし、わしにもわからん。わかるのはただ、人間の声や印刷された言葉にささやかれることもなく、誰かから促されたりもせずに、思いがわしの内から、海と同じくらい深いわしの内の深みから湧いてきたことだけだ。わしは神ではない。何も作りはしない。ゆえにこの思いもわしが作ったのではない。思いを生んだ父も母も、わしは知らん。それはわしよりずっと前の昔のものであり、それゆえ真である。人間は真理を作らない。人間は、盲目でないかぎり、真理を見たときにそれを真理と認めるのみだ。わしが思ったこの思いは、夢だろうか？」

「もしかして、あんたが夢なんじゃないかね」と私は笑って言った。「そして僕も空も海も夢であり、鉄のように硬い大地も夢だ、何もかもが夢なんだ」

「わしもたびたびそう考えたよ」とコホクムは真顔で答えた。「十分ありうることだ。昨晩わしは、ヒバリになった夢を見た。ハレアカラの高地の牧場《まきば》に飛んでいるような、美しい歌声で空を舞うヒバリだよ。わしはぐんぐん、太陽に向かって歌いながらのぼっていった、コホクム爺さんとは似ても似つかぬ声で歌いながら。いまわしは、空で歌うヒバリになった夢を見た、とお前に言っておる。だが実はわしは、本当のわしは、ヒバリだということはないだろうか？そうやって夢を語っているこの営みこそが、わしが、ヒバリが、いま見ている夢ではないだろうか？　そうだとかそうでないとか、お前に言えるか？　わしが本当は、眠っていて老コホクムになった夢を見ているヒバリではないと、どうしてお前に言える？」

私が肩をすくめると、コホクムは得意気に先を続けた。

「それに、実はお前は老マウイその人であって、眠っている老マウイが、カヌーに乗って老コホクムと話しているジョン・ラカナになった夢を見ているのではないと、どうしてわかる？

お前はじき目覚めるのではないのか、老マウイその人よ、そして脇腹をぼりぼり掻いて、妙な夢を見たなあ、白人になった夢だったよ、と呟くのではないのか？」

「わからない」と私は認めた。「そう言ったとしても、あんたは信じないだろうし」

「夢には、わしらが知っている以上のものがあるのだ」と老人はひどく厳《おごそ》かな面持ちで説いた。「夢は深くまで、ずうっと下まで降りていく、もしかしたらはじまりよりもっと前まで。老マウイはハワイを海の底から引き揚げた夢を見ただけ、ということはないだろうか？　だとしたらこのハワイの地は夢なのだろうか、お前もわしもそこの蛸もマウイの夢の一部でしかないのだろうか？　ヒバリも？」

コホクムはため息をつき、頭を胸に沈めた。

「なのにわしときたら、知りようのない秘密に、老いぼれた頭を悩ませて」と彼はふたたび口を開いた。「何もかも忘れたくなるまで、くたくたに疲れて。だから酒を飲み、釣りに行き、昔の歌を歌い、空で歌うヒバリになった夢を見る。この夢が一番好きだ。酒をしこたま飲んだときによく見るんだ――」

ひどく落ち込んだ顔で、コホクムは箱めがね越しに礁湖《ラグーン》を覗き込んだ。

「しばらくは魚も食いつかない」と彼は宣言した。「サメどもがうろついているから、奴らがいなくなるまで待つしかない。だから、時が重たくのしかからぬよう、ロノに呼びかけるカヌー引きの歌を歌ってやろう。お前も覚えているだろう――

『木の幹を俺にくれ、ロノ！
木の一番太い根を俺にくれ、ロノ！
木の耳を俺にくれ、ロノ！――』

「頼むから歌は勘弁してくれ！」私は彼をさえぎって言った。「こっちは頭が痛いんだ、あんたの歌を聞くとますますひどくなる。あんた、調子は上々かもしれんが、喉は最低だぞ。夢の話か、法螺を聞かせてくれる方がまだましだね」

「具合が悪いとは残念だな、まだ若いのに」とコホクムは陽気に譲歩した。「では歌はやめておく。お前の知らない、聞いたこともない話をしてやろう。夢でも法螺でもない、本当に起きたとわしも知っておる話だ。さして遠くない昔、ここに、まさにこのラグーンのかたわらの浜に、ケイキワイという名の男の子が住んでおった。お前も知るとおり、ケイキワイとは水の子という意味だ。この子はまさに水の子であった。この子の神々は海と魚の神々であり、この子は生まれつき魚の言葉を知っていた。そのことを魚たちは、ある日この子がそれを喋っているのをサメたちがたまたま耳にするまで知らなかった。

ことの起こりはこうであった。速足の伝令がやって来て、王さまが目下島を回っていると告げ、翌日ここワイヒーの住人たちが王のために宴会《ルーアウ》を催さねばならぬ、と命令を伝えたのだ。

王が巡回してくるたび、小さな場所に住む人数も少ない住民にとって、王一行の多くの腹を満たすのは至難の業であった。何しろ王はつねに、妻に妾《めかけ》、司祭に妖術師、踊り子に笛吹きにフラ歌手、戦士、召使を同行させていたし、側近の首長らもそれぞれの妻、妖術師、戦士、召使を連れていたのである。

時おり、ワイヒーのように小さな場所では、王一行の通っていったあとに痩せこけた体と飢饉が残ることとなった。だが王には食を供さねばならぬし、王を怒らせるのも得策でない。かくしてワイヒーの人びとは、災害を前もって知らせる警告のごとくに王到来の報せを聞き、野、池、山、海において大急ぎで宴の食材集めに取りかかった。そして見よ、すべてが取り揃えられた——焼き物にする堂々たるタロイモからサトウキビの付け根まで、カサガイから海草まで、家禽《かきん》から野生の豚、さらにはタロイモで育てた仔犬まで。ただし、ひとつだけ揃っていないものがあった。漁師たちはロブスターをつかまえられなかったのである。

実はロブスターこそ王の大好物であった。いかなる食べ物よりロブスターを王は尊《たっと》び、伝令たちもそのことをはっきりと伝えた。なのにロブスターは一匹もなく、胃袋の事柄に関し王を怒らせるのは得策でない。問題は、あまりに多くのサメが珊瑚のなかに集《つど》っていることであった。若い娘が一人、老人が一人、すでにサメたちの餌食になっていた。ロブスターを獲ろうと、勇気を奮って水に潜った若い衆も一人が餌食となり、一人は片腕を、一人は片手片足を失った。

だが水の子ケイキワイはまだ十一歳ながら、自らも半分魚であり、魚の言葉を話すことができた。長老たちが父親の許を訪れて、王の腹を満たし怒りを解くべく水の子をロブスター獲りに出してほしい、と乞うた。

さて、こうして起きた出来事は、皆に知られ、目撃されることとなった。漁師もその妻たちも、タロを育てる者も鳥を獲る者も、長老たちも、ワイヒーの民みながやって来て、水の子が岩の先に立ち、はるか水底のロブスターたちを見下ろしている姿を見守ったのである。

すると一匹のサメが、サメ特有の猫のごとき目を上げてケイキワイを眺め、『新鮮な肉』があることを伝えるサメの呼び声を上げ、ラグーンに集ったサメすべてを呼び寄せた。サメはこのように集団で働く。だから強いのである。サメたちは呼び声に応えて集まり、四十匹が揃った。長い者短い者、痩せた者丸い者、数にして総数四十。彼らはたがいに言いあった。『見ろよ、あの美味そうな子供を。人肉の甘味をたたえて、俺たちサメみたいに海の塩気も混じっていないし、風味豊かで、味わい深く、口のなかでとろけて俺たちの腹がそれを出迎えその甘さを引き出すさなか、俺たちの心を有頂天にしてくれるにちがいないあのご馳走を見ろよ』

サメたちはさらに多くを語った。『あの子はロブスター獲りに来たのだ。飛び込んできたら、もう俺たちのものだ。昨日食べた爺さんみたいに歳でかさかさに堅くなってもいないし、若い男たちみたいに手足の筋肉が固すぎることもなく、この上ない柔らかさ、腹が迎える前に喉でとろける柔らかさだ。飛び込んできたら、みんなでいっせいに襲いかかって、幸運な一匹がわがものにして呑み込み、あの子はいなくなる。一嚙み、一呑みで、誰より運のいい一匹の腹のなかへ消えるのだ』
そしてケイキワイは、サメの言葉を知る水の子は、サメたちのたくらみを聞きとると、サメの言葉でサメの神モク＝ハリィに祈りを唱えた。サメたちはそれを聞いてたがいに尾ひれを振りあい、彼の言葉を理解した合図に猫の目でウィンクしあった。するとケイキワイは言った。『これから王のためのロブスターを獲りに飛び込みます。僕にはいかなる危害も及ばないでしょう。尾ひれが一番短いサメが僕の友だちで、僕を護ってくれるでしょうから』
そう言いながら溶岩のかけらを一個拾い上げたケイキワイは、水中、六メートルばかり脇に投げ入れて大きく水をはね上がらせた。四十四のサメは水がはね上がった方へ突進し、そのすきにケイキワイは水に飛び込み、こっちにはいないとサメたちが気づいたころにはもう底まで潜ってふたたび上がって陸に這い出ていた。手には王のための丸々太ったロブスターを、卵をたっぷりはらんだワヒーン・ロブスターを抱えていた。
『何と！』とサメたちはプンプン怒って言った。『俺たちのなかに裏切り者がいる。あの美味なる子供、この上なく甘いご馳走が言葉を発して、誰があの子を助けたかを明かしたではないか。みんなの尾ひれの長さを測ろう！』
彼らはその作業に取りかかった。長々と一列に並ぶと、尾ひれの短いサメは長さをごまかし、思い切り体を伸ばして長く見せかけ、もっと尾ひれの長いサメもやっぱり長さをごまかし、思いきり体を伸ばして、ごまかし・見せかけ競争で出し抜かれまいとした。尾ひれが一番短いと判明したサメに誰もがカンカンに腹を立て、四方八方から襲いかかって、その身がまったく残らぬまで貪り喰った。

ふたたび水の子が飛び込んでくるのを待って、サメたちは耳を澄ました。ふたたび水の子はサメの言葉でモク＝ハリィに祈って言った。『尾ひれの一番短いサメが僕の友だちで、僕を護ってくれるでしょう』。そしてふたたび水の子は溶岩のかけらを、今回は反対側に六メートル離れたところへ投げ入れた。サメたちは水がはね上がったところに突進し、あわてたあまりたがいに衝突して、尾ひれで水をはね上げたものだから、水はすっかり泡立って何も見えなくなってしまい、ほかの誰かが御馳走を呑み込んでいるものと誰もが思い込んだ。そうこうするうちに水の子はもう上がってきて、またも王のための丸々太ったロブスターを抱えて陸に這い出た。

そして三十九匹のサメは尾ひれの長さを測りあい、一番短いサメを貪り喰ったので、残りは三十八匹しかいなくなった。そして水の子はなおも、いまわしが言ったことをくり返し、サメたちはなおも、いまわしが語ったことをくり返し、仲間たちにサメが一匹喰われるたび、王のためのロブスターがまた一匹岩の上に乗ることとなった。もちろん、尾ひれを測るにあたって、サメたちはさんざん喧嘩し、言い争った。とはいえ結局、すべては公正に働いた。というのも、残りが二匹だけになったとき、その二匹は当初の四十匹のうち、まさにもっとも大きな二匹だったのである。

すると水の子はふたたび、尾ひれの一番短いサメは自分の友だちだと唱え、またも溶岩のかけらを使って二匹のサメを惑わし、さらにもう一匹ロブスターを持ち帰った。二匹のサメはどちらも相手の尾ひれの方が短いと主張し、たがいに相手を喰らおうとして戦い、尾ひれの長い方が勝って——」

「ちょっと待て、コホクム！」と私は話をさえぎった。「忘れるなよ、そのサメはもうすでに——」

「わかっているさ、お前が何を言おうとしているかは」とコホクムは私から語りを奪い返した。「そのとおりだとも。そのサメが三十九匹目のサメを喰うには、ものすごく時間がかかった。何しろ三十九匹目のサメの腹のなかには、すでにこれまで喰った十九匹のサメがいたのだし、四十匹目のサメの腹のなかにも、やはりこれまで喰った十九匹のサメがいたのだから、当初のような食欲はもはやなかった。だが忘れてはいかんぞ、このサメたちはそもそもものすごく大きなサメだったのだ。

相手のサメと、その腹のなかの十九匹のサメを喰らうにはものすごく時間がかかったので、日が暮れてワイヒーの人びとが王のためのロブスターをどっさり抱えて家路につくときも、サメはまだ食べている最中であった。そして翌朝人びとは浜辺で、最後の一匹のサメの、腹が破裂して喰らったすべてのものをさらけ出した死骸に出くわしたのではなかったか？」

話はこれで終わり、とばかりにコホクムはじっと私の目を、その抜け目なさそうな目で見据えた。

「待て、ラカナよ！」とコホクムは、舌まで出かかっていた私の発言を制した。「お前が次に何を言うかはわかっておる。あんたはそれを自分の目で見たのじゃないだろう、だからあんたはいまの話を本当には知らないんだ、そう言うのだろう。だがわしは知っておるのだ。証明だってできる。わしの父親の父親は、水の子の父親の叔父の孫の知りあいだったのだ。それにまた、いまわしが指差しているあの岩の先が、水の子が立っていて飛び込んだ場所なのだ。わしもあそこからロブスターを獲りに飛び込んだことがある。あそこはロブスター獲りには最高の場所なのだ。サメも何度かあそこで見かけた。そして水底には、水の子が投げ込んだ、わしはちゃんとこの目で見て数えたから知っておるのだが、まさにわしが言ったような溶岩のかけらが三十九個あるのだ」

「でも――」と私は口を開いた。

「ハ！」とコホクムは言って私の矛先《ほこさき》をかわした。「見ろ！　わしらが喋っているあいだに魚がまた食いついてきたぞ」

魚がかかって水面下の糸で暴れていることを示す、ぴんと立って悪魔の踊りを舞っている三本の竹竿をコホクムは指した。自分の櫂を取ろうと身をかがめながら、彼は私を諭《さと》すかのように呟いた――

「もちろんわしは知っておる。溶岩のかけらが三十九個、いまもあそこにあるのだ。お前だっていつでも自分で数えることができる。もちろんわしは知っておる。事実として知っておるのだ」

生の掟
The Law of Life

老コスクーシュは貪欲に耳を澄ました。目はとうの昔に衰えてしまったが、耳はいまだ鋭く、どんな小さな音でも、おぼろに霞んだその精神、萎《しな》びた額の奥にいまも在るもののもはや世界を見はるかしはしない精神にしかと届いた。あれはシトカムトゥーハだ、甲高い声で犬たちを罵りながら、平手で打ち、拳《こぶし》で殴って彼らに牽《ひ》き具をつけている。シトカムトゥーハは彼の娘の娘だが、何しろひどく忙しいものだから、一人よるべなく雪のなかに残っている祖父を思いやる暇はなかった。野営を畳まねばならないのだ。長い旅路が待ち、短い日はとどまってくれぬ。死ではなく生が、生の責務が彼女を呼んでいる。そして彼は死のすぐそばまで来ていた。

そう思うと老人は一瞬パニックに陥り、麻痺した片手をつき出した。かたわらに積まれた乾いた薪の上を、手がわなわなとさまよった。薪がちゃんとそこにあることを確かめると、手は薄汚れた毛皮のぬくもりに戻っていった。老人はふたたび耳を澄ます。なかば凍った皮がパリパリ不機嫌そうに鳴る音で、首長の寝泊まりするヘラジカ皮のテントが取り払われているのがわかった。いままさに、テントは持ち運べる大きさに押し込まれ、詰め込まれている。首長は老人の息子であり、精悍《せいかん》で逞しく、部族の頭《かしら》にして力強い狩人だった。女たちが難儀そうに荷物を運ぶなか、息子の声が大きくなり、彼女たちののろさを叱咤《しった》している。老コスクーシュは懸命に聞き入った。あの声を聞くのもこれが最後だ。ギーハウのテントが壊される！　タスケンのも！　七、八、九。まだ残っているのは呪師《シャーマン》のテントだけだろう。あっ、いよいよそれにも取りかかった！　呪師がうなり声を上げながらテントを橇に積み込むのが聞こえた。誰か子供がめそめそ泣き、女が優しく喉を鳴らしてあやす。クーティー坊やだ、と老人は思った。気むずかしい、あまり丈夫でない子だ。もうじき死んでしまうかもしれない。そうしたら皆は、クズリを遠ざけるため、凍ったツンドラに火を点けて穴を開け、その上に石を積むことだろう。が、それでどうなるというのだ？　せいぜい数年の話。腹がくちいときもあれば空っぽのときもある。そして結局は死が待つ。つねに腹を空かした、何よりも腹を空かした死が。

　あれは？　ああ、いよいよ男たちが橇を縛り、革紐を締めている。遠からず何も聞かなくなるであろう老人はそれを聞いた。鞭がうなりを上げ、犬たちの身に食い込む。彼らの哀れな鳴き声を聞け！　仕事を、旅路を、犬たちはどれだけ嫌がっていることか！　出発だ！　橇が次々、雪を跳ね上げながらゆっくり静寂へと去っていく。いなくなった。いまやみな老人の人生から消えてしまった。恨めしい最期の時に、彼は一人で向きあっている。いや違う。鹿革靴《モカシン》に踏まれて雪がザクッと鳴った。男が一人、そばに立っている。老人の頭にそっと手が置かれた。優しい息子だ。一族が発つとともに息子もさっさと行ってしまったほかの老人たちのことが思い出された。自分の息子は残ってくれたのだ。老人は過去へさまよい出ていったが、若者の声で現在に引き戻された。

「父さまは、よいか？」と息子は訊いた。

　そして老人は「よい」と答えた。

「横に薪がある」と年下の男はさらに言った。「火は明るく燃える。朝は灰色で、寒さがやって来た。じきに雪が降る。もう降り出している」

「ああ、いまも降っている」

「皆は急いでいる。荷は重く、腹は馳走《ちそう》を欠いてぺしゃんこだ。道は長く、皆は先を急ぐ。俺ももう行く。よいか？」

「よい。わしは茎にかろうじてしがみついた去年の葉っぱのようなもの。息ほどの風が吹いたとたんに落ちてしまう。声は老いた女のようになった。目はもはや足の行く先を見せてくれず、足は重く、わしは疲れている。よい」

満ち足りた思いで、頭《こうべ》を垂れた。雪がぐずる音がすっかり消えて、もはや息子は呼んでも届かぬところにいるとわかるまでそうしていた。それから片手が、あたふたと薪の方へ這っていった。自分と、ぱっくり口を開けて迫りくる永遠とのあいだに立つのは、いまやこの薪のみ。命は何束かの木切れで量られる。一束、一束と火にくべられ、そうやって一歩一歩死が近づいてくる。最後の一本がその熱を明け渡すとともに、無情な寒さが力を帯びはじめるだろう。まず足が降伏し、次は手。かじかみがじわじわ、足先手先から芯まで広がっていくだろう。頭が膝に倒れ込み、自分は眠りにつくだろう。簡単なこと。人はみないずれ死ぬ身だ。

泣き言は言わない。これが生というものであり、生の道なのだ。大地に根ざして生まれ、大地に根ざして生きてきたから、いまさら目新しい掟ではなかった。それはすべての生き物の掟。自然は生き物に優しくはない。個人と呼ばれる具体物など、自然にはどうでもよい。自然の関心は種《しゅ》に、人類にしかない。老コスクーシュの蛮なる頭ではこれが精一杯の抽象だったが、これだけはしっかり把握していた。すべての生において、それが体現されるのを彼は見てきた。樹液の上昇、柳の蕾《つぼみ》のはじける青さ、黄色い葉の落下、そのなかで歴史がまるごと語られている。だが自然は個に、ひとつだけ任を課した。それを果たさなければ個は死ぬ。果たせば、やはり死ぬ。自然にとってはどうでもよいこと。従うものは大勢いる。ここにおいて生きるのは、つねに生きつづけるのは、従うという営みであって従うものではない。コスクーシュの一族はずっと昔から生きてきた。彼が子供のころ知っていた老人たちは、やはり子供のころ老人たちを知っていた。ゆえに一族が生きるということは真である。その墓すら記憶の彼方にある、忘れられた過去に生きた一人ひとりに至るまでの、従うという営みを代表して一族は生きる。一人ひとりは問題ではない。一人ひとりは逸話でしかない。みんな夏空の雲のように消えていった。コスクーシュもまた逸話であり、消えていくだろう。自然にとってはどうでもよいこと。命に対して自然はひとつの任を課し、ひとつの掟を与えた。永続することが命の任、掟は死である。乙女とは見目麗しい生き物であり、胸は豊かで身は逞しく、歩みには弾みが、目には輝きがある。その任はいまだ先に控えている。目の光はなおいっそう増し、歩みはさらに速まり、若い男たち相手に大胆になったかと思えば臆病になり、乙女は彼らに、己の落着かぬ思いを託す。見目はますます麗しくなって、やがて誰か狩人が、それ以上堪《こら》えられずに乙女を自分のテントへ連れてゆく。女は彼のために食事を作り、働き、彼の子らの母となる。そうして、子孫が訪れるとともに容姿は衰える。脚は引きずるようになり、目は霞み、炉辺《ろべ》の老婆の萎びた頬に悦びを見出すのは幼い子供らのみ。彼女の任は果たされた。まもなく、飢饉の訪れとともに、あるいは長い旅がはじまり次第、老婆は置き去りにされる。いまの彼と同じく、小さな薪の山を与えられて、雪のなかに残される。それが掟だ。

薪を一本、慎重に焚火に載せてから、物思いに戻っていった。いずこも同じ、すべてに関して同じ。蚊は霜の到来とともにいなくなる。小さなリスは死を迎えんと木を這い降り姿を消す。老いの訪れた兎はのろく鈍重になり、もはや敵より速く走れはしない。白斑《しろぶち》の大熊でさえ、いつかは動きもぶざまになり目も見えず気短になって、ついにはキャンキャン吠えるエスキモー犬の群れに引き倒される。自分の父親を、ある冬クロンダイク川の上流に捨てていったときのことを老人は思い起こした。宣教師が説教本と薬箱を持ってやって来る前の冬だった。コスクーシュはよくその箱のことを思い返しては舌を鳴らしたものだったが、いまやもう思い起こしても口は湿ってくれなかった。「痛み止め」はとりわけよかった。だが宣教師は迷惑だった。野営地に肉を持ってくるわけでもないのに自分はがつがつ食べ、狩人たちの不興を買った。結局メイオー川近くの分水嶺で肺を冷やし、のちに犬たちが鼻で石をどかして骨を奪いあった。

焚火にもう一本薪を載せて、さらに深く昔へ戻っていった。かつて大飢饉に見舞われたとき、老人たちは空腹を抱えて焚火の前で背を丸め、問わず語りに、ユーコン川が三度の冬にわたって滔々《とうとう》と流れたのち三度の夏にわたって凍りついた日々をめぐる、もはやおぼろな言い伝えを語った。コスクーシュはその飢饉で母親を失った。夏には鮭が川をのぼって来なかった。一族は冬の到来に、カリブーの訪れに、望みをつないだ。やがて冬は来たが、カリブーは来なかった。老人たちでさえ覚えのない、前代未聞の出来事だった。なおもカリブーは現われず、七年が過ぎ、兎たちは殖《ふ》えず、犬たちは骨と皮ばかりだった。長い闇のあいだずっと、子供らは泣き叫び死んでいった。そして女たちも、老人たちも。春になり戻ってきた太陽を出迎えた者は、十人に一人もいなかった。あれは本当にひどい飢饉だった……。

だが豊饒の時も彼は目にしてきた。肉はもてあまされて腐り、犬たちは食べ過ぎて太り役立たずになった。一族は獲物も殺さず見逃し、女たちは次々子を孕《はら》んで、テントは這い回る男の子供女の子供で一杯になった。男たちはやがて腹もくちくなり、大昔の諍《いさか》いを蒸し返して、ペリー族を殺しに分水嶺を越えて南へ赴き、タナナ族の消えた焚火の前に居座るべく西へ向かった。子供のころ、豊饒の時に、ヘラジカが狼の群れに引き倒されるのを見たことを老人は思い出した。幼い彼は、ジンハとともに雪のなかに身を隠してそれを眺めた。のちに誰よりも目端《めはし》のきく狩人となって、最後は凍ったユーコン川の穴に落ちたジンハ。一族は一か月後、なかば這い出た姿のまま凍りついた彼を見つけた。

だが、ヘラジカの話である。ジンハと彼はその日、父親たちを真似て狩りごっこに出かけたのだった。川底でヘラジカの、まだ新しい足跡に行きあたり、それと一緒にたくさんの狼の足跡を目にした。「年寄りだな」と、痕跡を読みとることにコスクーシュより長《た》けたジンハが言った。「群れについて行けなくなった年寄りだ。狼に仲間から引き離されて、もう二度と放してもらえない」。その通りだった。それが狼たちのやり方だった。昼も夜も、一時《いっとき》も休まず、ヘラジカの足下で歯をむき出し、鼻に噛みつき、最後まで離れない。ジンハと彼は、どれだけ血を沸き立てられたことか！　最期はさぞ見ものだろう！

はやる思いで、そそくさと先へ進んだ。目も敏《さと》くなく山道を行き慣れぬコスクーシュでさえ、目をつぶって進めるくらい道は広かった。追跡の現場に彼らはぐんぐん迫り、一歩進むごと、書き込まれたばかりの惨劇を読んでいった。やがて、ヘラジカが抵抗を試みた場所に行きついた。四方八方、大人の体長の三倍の長さで雪が踏みにじられ、跳ね上げられていた。その真ん中に獲物の、ひづめの広がった深い足跡が刻まれ、周りじゅういたるところ、狼たちの、より浅い跡があった。何匹かは、仲間が獲物を苛《さいな》むなか、かたわらに横たわって休んでいた。雪に刻み込まれた、長々と寝そべった狼たちの体の跡は、たったいま出来たかのように完璧だった。一匹は餌食の必死の猛進に巻き込まれ、踏みつぶされて死んでいた。きれいに肉のなくなった数本の骨がそれを物語っていた。

二度目の抵抗の場に行きあたって、二人はふたたび雪靴を止めた。ここにおいて、大鹿は死に物狂いで闘っていた。雪が語るところ、ヘラジカは二度引き倒され、二度襲撃者どもを振り払い、いま一度足場を取り戻していた。己の務めはとっくに終えていたものの、命は鹿にとってかけがえなかったのだ。珍しいなあ、一度倒されたヘラジカが敵を振り払うなんて、とジンハは言った。だがこいつはたしかにそうしたのである。呪師《シャーマン》に話したら、きっとその意味を読みとり、その奇跡を見てとったことだろう。

そして三たび、ヘラジカが土手をのぼって森林に逃げようと企てた場所に二人は来た。だが敵たちは背後から襲いかかり、ヘラジカはうしろ足で立ってうしろ向きに彼らの上に倒れ込んで、二匹を雪深くに押しつぶした。目下ヘラジカがすぐそばにいるのは明らかだった。狼の仲間たちがその二匹に手をつけていなかったからだ。さらに二つ、抵抗の跡の前を二人は急いで通り過ぎた――どちらも時間は短く、両者のあいだの隔たりもわずかだった。いまや道は赤く染まり、大鹿の端正だった歩みは短く、ぞんざいになっていた。やがてついに、闘いの音が聞こえてきた。喉も枯れんばかりの追跡の雄叫《おたけ》びではなく、接近し、肉に歯を食い込ませていることを伝える、短い、きびきびした吠え声。風上に向かって雪のなかをジンハは腹ばいで進み、彼も、将来一族の長となるコスクーシュも、一緒に這っていった。若いトウヒの木の下枝を二人は押し分け、向こう側を覗き見た。彼らが見たのは最期の一瞬だった。

幼いころに焼きついた記憶の常として、その情景はいまだありありと脳裡に残っていた。霞んだ目が、あのはるか昔と同じ生々しさで最期の場面が演じられるのを眺めた。コスクーシュにはそれが驚きだった。その後の日々、彼は男たちを導いて、長の座に就き、その名はペリー族の者たちにとって、そして正々堂々一対一でナイフで闘って殺したあの見知らぬ白人男にとって、呪いの言葉以外の何物でもなくなったというのに……。

長いあいだ、若き日々に思いをはせていたが、やがて火が衰え、無情な寒さがますます深く身を苛んだ。今回は薪を二本くべた。あとどれだけ命にしがみついていられるかを、老人は残った薪の量で測った。シトカムトゥーハが祖父のことを思い出して、もっと大きな束を用意してくれていたら、生きられる時ももっと延びただろう。大した手間ではなかったはずだ。だがあれはいつだって気の回らぬ子だったし、ジンハの息子の息子ビーバーに見初められてからというもの、先祖を敬うことも忘れてしまった。が、それがどうだというのだ？　彼だって血の気の多い若いころは、似たような真似をしたではないか？　コスクーシュはしばし静寂に聞き入った。ひょっとして息子が思い直してくれて、犬たちを率い、老いた父を一族とともに、カリブーが群れをなしその身から脂肉を垂らしている場へ連れていってくれるかもしれぬ。

一心に聞き入ると、落着かぬ頭もしばし静まった。何ひとつ、何も動いていなかった。大いなる静寂のただなか、息をしているのは彼のみ。何たるさびしさ。待て！　いまのは何だ？体を寒気が貫いた。聞き慣れた、長く延びた吠え声が虚空《こくう》を破る。声はすぐそばまで来ていた。やがて、もはや昏《くら》くなった目にヘラジカの、あの老いた雄のヘラジカの姿が映し出された。食いちぎられた胴、血まみれの脇腹、切れぎれのたてがみ。枝分かれした大きな角は地面近くに垂れ、最後の最後まで揺れていた。彼は見た、きらっと光る灰色の群れを、ぎらつく目を、だらんと垂れた舌、涎《よだれ》に濡れた歯を。そして彼は見た、容赦なき輪がじわじわ閉じていき、ついには踏みにじられた雪のなかの暗い一点と化すのを。

冷たい鼻づらが彼の頬に押しつけられ、その感触が老人の魂を一気に現在へ引き戻した。片手がさっと焚火のなかに飛び込み、燃える薪を引っぱり出した。人間を怖れる生来《せいらい》の性《さが》にしばし襲われて獣はあとずさり、長く延びた呼び声を仲間たちに向けて放った。仲間たちは次々と応え、じきに、低く構えた、あごから涎を垂らす灰色の輪が周りに広がった。輪がじわじわ迫ってくる音に老人は聞き入った。燃える木を狂おしく振り回すと、くんくん嗅ぐ声はうなり声に変わったが、獣たちはあえぎながらも散ろうとはしなかった。一匹が、尻をうしろから引きずるようにして胸をじりじりと前に押し出してきた。そしてもう一匹、さらにもう一匹。あとずさる者は一匹もなかった。命にしがみついて何になる？　そう老人は胸のうちで思い、燃えさかる棒を雪のなかに投げ捨てた。じゅうっと音を立てて火が消えた。輪は不安げなうなり声を上げたが、その場から動きはしなかった。そしていま一度、老いた雄ヘラジカの最後の抵抗をコスクーシュは見た。疲れた頭を、老人は膝の上に垂らした。しょせんどうだというのだ？これが生の掟ではないか？

影と閃光
The Shadow and the Flash

いまふり返ってみると、何とも奇妙な交友関係だったことが僕にもわかる。まずロイド・インウッド。背は高く瘦せていて、華奢な体で、神経質な黒髪の男。そして、ポール・ティチローン。背は高く瘦せていて、華奢な体で、神経質な金髪の男。色以外はすべて、たがいがたがいの模写だった。ロイドの目は黒く、ポールの目は青い。興奮するとロイドの顔にはオリーブ色に血の気が浮かび、ポールの顔には紅《くれない》色が浮かんだ。だが色の要素を別とすれば、二人はまさに瓜二つだった。そしてどちらも激しやすく、過度の緊張に陥りがちで、並外れて我慢強く、二人ともつねに張りつめた状態で生きていた。

だがこの尋常ならざる交友には三人目の人物がいた。こちらは背も低く、ずんぐり太っていて、怠け者。情けないことにそれが僕だった。ポールとロイドがライバル関係に生まれついたとすれば、僕は二人の仲裁者たるべく生まれついているように思えた。僕たち三人は一緒に少年時代を過ごし、彼ら二人がたがいに向けた怒りのパンチを僕が代わりに浴びたことも一度や二度ではなかった。二人はつねに競いあい、相手の上を行こうと努め、いったんそうした闘争がはじまったら、その頑張りや熱情にはまさに際限がなかった。

烈しい競争心は、勉強でも遊びでも発揮された。スコットの長詩『マーミオン』の一篇をポールが暗記したなら、ロイドは二篇を暗記し、ポールは三篇で返し、今度はロイドが四篇で……と、ついには二人ともはじめから終わりまで諳《そら》んじてしまった。水泳場で起きたある出来事を僕は覚えている。長年にわたる、命を賭けた二人の闘争を悲劇的に象徴する出来事と言ってよいと思う。そのころ少年たちは、深さ三メートルの水底まで潜って、沈んでいる木の根っこにつかまって誰が一番長くとどまっていられるかを競いあっていた。みんなにけしかけられて、ポールとロイドは一緒に潜っていった。彼らの断固とした顔が消え、二人がぐんぐん沈んでいくのを見たとき、僕は何か恐ろしい予感に襲われた。時間は過ぎていき、さざ波も消え、池の表面はすっかり穏やかになったが、黒髪の頭も金髪の頭も空気を求めて水面を突き破ってはこなかった。上で待つ僕たちは心配になってきた。一番息の長かった子の最長記録が破られても、まだ何の気配もなかった。空気の泡がゆっくり昇ってきて、二人の肺から息が吐かれていることはわかったが、それからあとは泡がちろちろ昇ってくることもなくなった。一秒一秒が無限に長くなって、それ以上不安に耐えられず、僕は水に飛び込んだ。

底まで潜っていくと、木の根にしっかりつかまった彼らは、たがいに三十センチと離れていない位置に頭を据え、二人とも目をしっかり見開いて、相手をじっと睨みつけていた。二人ともひどく苦しそうで、自ら招いた窒息状態の痛みに身もだえし体をよじらせていたが、どちらも降参する気はなさそうだった。根っこにしがみついたポールの手を僕は外そうとしてみたが、すさまじい抵抗に遭って断念した。もう息が続かなくなり、僕は怯えきって水面に上がった。みんなに早口で状況を説明すると、五、六人が潜っていって、力ずくで二人を引きはがした。水から引き揚げたころには二人とも気を失っていて、さんざん転がしたりさすったり叩いたりした末にようやく意識を取り戻した。誰も助けに行かなかったら、両者とも水底で溺れ死んでいたことだろう。

大学へ上がる段になって、ポール・ティチローンは、自分は社会科学を学ぶつもりだとみんなに触れて回った。同時にやはり進学したロイド・インウッドも同じ専攻を選んだ。だがポールは実のところ、自然科学を学んで化学を専攻することにこっそりはじめから決めていて、最後の最後になって転科の手続きをした。ロイドはすでに一年目の学習計画も立て、もう学期始めの授業にも出ていたが、ただちにポールのあとを追って自然科学に移り化学専攻の道へ進んだ。二人の競争は、じきに大学じゅう知らぬ者はなくなった。それぞれが相手を駆り立てて、二人は前例のないほど深く化学に没頭した。一意専心研究に励み、まだ卒業証書ももらわぬうちから、この田舎大学の化学教師全員を議論でねじ伏せられるほどになっていた。例外は唯一人、「モス爺」と呼ばれた学科長だったが、彼にしても、二人の質問に頭を抱え、結局二人から教えられたことが一度ならずあった。ロイドによるウミガエルの「死のバチルス」発見と、青酸カリを用いたその菌に関する実験は彼の名と大学の名を世界に知らしめたし、ポールも一歩も遅れをとることなくアメーバ状の行動を呈するコロイドを作り出し、またごく普通の塩化ナトリウムとマグネシウム溶液を下等海洋生物に対して用いた驚くべき実験で、受精のプロセスに新しい光を当てもした。

しかし、そのように有機化学の神秘に深く降り立っていた学部生時代に、ドリス・ヴァン・ベンショーテンが彼らの人生に入ってきたのだった。先に出会ったのはロイドだが、二十四時間と経たぬうちに、ポールも彼女と知り合えるよう手を打っていた。もちろん二人ともドリスに恋をした。ドリスは二人の人生で唯一、生を捧げるに値するものとなった。等しい熱意と烈しさで彼らはドリスに求愛し、その競争のあまりの激烈ぶりに、学生全体の半数が結果をめぐって多額の賭けを張った。「モス爺」ですらある日、個人実験室でポールが驚異的な実験を行なってみせたのを機に、一月分の給料をはたいて、ポールがドリスの花婿になる方に賭けた。

結局ドリスは、自分なりのやり方で、ポールとロイド以外の皆を納得させる方法でこの競争に片をつけた。二人を呼び寄せた彼女は、あなたたちのどちらかを選ぶことはできない、二人とも同じに愛しているから、一妻多夫はこの国では許されていないし、どちらと結婚する名誉も幸福も断念せざるをえない、そう告げたのである。二人ともこの結末に関して相手を詰《なじ》り、両者間の敵意はなおいっそう強まった。

だが事態はもう十分危機に達していた。二人とも学位を取得して世間から姿を消したのち、ほかならぬ僕の家において終わりがはじまったのである。二人とも親は資産家で、職業に就く気も必要もなかった。僕との交友と、たがいへの憎悪、この二つだけが彼らをつないでいた。どちらも僕の家にはしじゅう来ていて、その際相手と顔を合わせぬよう極力手を尽くしていたが、そうはいってもやはり、時おり鉢合わせするのは避けられなかった。

僕の記憶に残っているその日、ポール・ティチローンは午前中ずっと僕の書斎で科学評論誌の最新号に読みふけっていた。おかげで僕は自分の好きにできたので、外に出てバラの世話をしていたのだが、そこへロイド・インウッドが現われた。僕が口に釘を一杯くわえて、軒先に蔓を伸ばしたバラを刈り込み、釘でとめて回っていると、ロイドも僕にくっついてきて時おり手を貸してくれた。僕らはいつしか、見えない民族の話をはじめていた。代々僕たちの世代にまで伝説が伝わっている、あの神秘的なさすらいびとたちである。ロイドらしいピリピリした話し方にだんだん熱がこもってきて、彼はじきに、不可視性というものの物理的特性と可能性を論じはじめた。完璧に黒い物体であれば、どんなに鋭い視覚によっても捉えられないはずだ、そう彼は主張した。

「色とはひとつの知覚だ」とロイドは言った。「色は客観的現実を持たない。光がなければ色も物自体も見えはしない。すべての物は闇のなかでは黒く、闇のなかでそれらを見ることはできない。光が当たらなければ、物から目に光が投げ返されることもなく、それが存在することの視覚的証拠は得られない」

「でも昼の光のなかでなら、黒い物だって見えるじゃないか」と僕は反論した。

「そのとおり」と彼は熱っぽく続けた。「それは完全に黒くないからさ。もし完全に、絶対的に黒かったら、見ることはできない――そう、千の太陽が照りつけたとしても！　だから、しかるべき顔料を正しく調合して絶対的に黒い染料を作り出せば、何に塗ってもそれを不可視にしてしまうはずだ」

「そいつは大した発見だろうな」と僕は適当に相槌を打った。何しろあまりに突飛な話なので、思索のための思索としか思えなかったのである。

「大した発見！」ロイドは僕の肩をばしんと叩いた。「そうだろうさ。いいか君、そういう塗料を自分に塗れたら、世界は僕の足下にひれ伏すだろうよ。王侯貴族の秘密も僕から隠せはしない。外交官や政治家の策謀も、投機家の賭けも、トラストや企業の計画も。物事の内なる命脈に僕は手を当てられるようになり、世界最大の権力が我がものになる。そして――」ここでロイドはハッと口をつぐみ、それからこうつけ加えた――「実はもう、実験をはじめたのさ。正直な話、見込みは大ありだと思うね」

と、戸口からの笑い声が僕たちをギョッとさせた。ポール・ティチローンがそこに、あざけりの笑みを浮かべて立っていた。

「忘れてるぜ、ロイド」とポールは言った。

「忘れてるって、何を？」

「忘れてるのさ」とポールはなおも言った。「そう、影を忘れてる」

ロイドの顔が曇るのが見えたが、じき彼はせせら笑うように答えた。「日よけを持ち歩けばいいさ」。それからさっと、すさまじい形相をポールの方に向けた。「いいかポール、これには首をつっ込まない方が身のためだぞ」

いまにも決裂が迫ったように思えたが、ポールは愛想よく笑った。「君の汚らわしい顔料なんか触りたくもないね。たとえ大成功を収めたとしても、いつかかならず影にぶち当たるだろうよ。影から逃げられはしない。僕は正反対の方針で行くね。僕の案なら、その本質からして影は抹消される――」

「透明か！」とロイドが間髪入れず叫んだ。「だがそれは達成不可能だ」

「ああ、そのとおり。もちろん不可能だとも」。そう言ってポールは肩をすくめ、ノイバラの茂る道をぶらぶら下っていった。

これがそのはじまりだった。二人とも例によって超人的な精力をこの問題に注ぎ込んだが、そこに混じっている敵意と憎悪に、これで一方が成功しようものならどうなるだろう、と僕は戦《おのの》かずにいられなかった。二人とも僕を心底信頼してくれて、その後何週間ものあいだ、僕は両方の味方にさせられ、それぞれの論を聞かされて実験にも立ち会った。相手がどこまで進んでいるか、僕がおくびにも出さなかったので、二人とも僕の口の堅さに敬意を抱いてくれた。

研究に根《こん》を詰めすぎて、心身ともに緊張が高まりすぎたとき、ロイド・インウッドには奇妙な息抜き法があった。拳闘の試合を見に行くのである。僕に最新の成果を伝える目的で、例によって野蛮な見世物に僕を引きずっていったある日、ロイドの自説が劇的に実証されることとなった。

「あの赤ひげの男が見えるか？」とロイドは、リングをはさんで反対側五列目の席を指さした。「で、その隣の、白い帽子をかぶってる男は見えるか？　あの二人のあいだが、ずいぶん空いてると思わないか？」

「たしかにそうだ」と僕は答えた。「ちょうど一席ぶん空いてる。空席があるんだな」
ロイドは僕の方に身を乗り出し、大真面目に言った。「赤ひげの男と白い帽子のあいだには
ベン・ワッソンが座っているのさ。ベンのことは前に話しただろう。あのクラスではアメリカ
で一番頭の切れるボクサーさ。カリブ系の純血黒人で、アメリカで一番黒いボクサーでもある。
いまは黒いコートを着てボタンを全部留めている。さっき入ってきて、あの席に腰かけるのを
僕は見たのさ。そして腰かけたとたん、消えたんだよ。よく見ていてごらん、笑うかもしれな
いから」
真偽を確かめようと僕は向こう側まで行こうとしたが、ロイドに「待て」と止められた。
言われたとおり待っていると、やがて赤ひげの男が、あたかも空っぽの席に話しかけるかの
ように首を回した。と、その何もない空間に、一対の目の、転がるように動く白目と、二列の
歯の、白い二重の三日月が見え、それとともに、一人の黒人の顔が見てとれた。が、笑みが消
えるとともにその可視性も消滅し、椅子はまた空っぽに見えるようになった。
「あれでもしあの男が完璧に黒かったら、すぐ隣に座ったって見えないだろうさ」とロイドは
言った。たしかに当を得た例証だ。僕としてもほぼ説得されたことを認めざるをえない。
僕はその後、ロイドの実験室を何度か訪ねていった。いつ行っても彼は、絶対の黒の探究に
没頭していた。実験にはあらゆる類の顔料が使われていた。黒煤顔料《ランプブラック》、タール、炭化植物質、
油や脂肪の煤《すす》、さまざまな炭化動物性物質。

「白色光は七つの基本色で出来ているが」と彼は僕に講釈した。「白色光自体は、それ自身においては不可視だ。物に当たって反射することによってのみ、光も物も可視となる。だがそれもあくまで、反射した要素だけが可視になるのだ。たとえばここに、青い煙草入れの箱がある。白色光がこれに当たれば、一つの例外を除いて、白色光を構成するすべての色――菫《すみれ》色、藍色、緑、黄、橙《だいだい》、赤――は吸収される。唯一の例外が青だ。青だけは吸収されずに、反射する。ゆえにこの煙草入れは、青さの感覚をもたらすことになる。ほかの色が見えないのは吸収されてしまうからだ。見えるのは青だけだ。同じ理由で草は緑だ。白色光のなかの、緑の波が我々の目に投げつけられるからだ」

「家にペンキを塗るとき、我々は色を塗っているのではない」とロイドはまたあるとき言った。「我々が塗っているのは、家をその色に見せたいと思う以外のすべての色を白色光から吸収する特性を持つ物質だ。その物質がすべての色を目に反射すれば、それは我々から見て白く見える。逆にすべての色を吸収すれば、黒く見える。だが前にも言ったように、我々はまだ完璧な黒を持っていない。すべての色が吸収されてはいないのだ。完璧な黒なら、いくら明るい光が当たっても、まったく、絶対的に不可視のはずだ。たとえばそれを見てみたまえ」

ロイドは作業台の上に置いてあるパレットを指さした。さまざまな濃淡の黒い顔料がそこに塗りつけてあった。特にそのうちのひとつは、ほとんど見えなかった。見ていると何だか視界がぼやけてきたので、僕は目をごしごしこすってもう一度見てみた。

「それが」とロイドは重々しく言った。「これまで人間が目にしたもっとも黒い黒だ。だが待っていたまえ、いかなる人間にも絶対見えないほど黒い黒を作ってみせるから！」

一方、ポール・ティチローンを訪ねていくと、ロイドに劣らず一心不乱に、偏光、回折、干渉、一重屈折に二重屈折の研究、さらには聞いたこともないさまざまな有機化合物の研究に打ち込んでいるのだった。

「透明性――物体があらゆる光線を通過させる状態もしくは特質」とポールは定義してみせた。「僕はそれを探求している。ロイドの完全な不透明性は、いずれ影につき当たらざるをえない。僕の方法なら影を逃れられる。透明な物体は影を生じさせない。光の波を反射したりもしない――完璧に透明であれば。したがって、どんなに明るい光も通過させることによって、そうした物体は影を生じさせぬばかりか、光を反射しないゆえに不可視でもあるのだ」

またあるとき、僕たちは窓際に立っていた。ポールは窓台に並べたいくつかのレンズを磨いていた。しばらく前から二人とも黙っていると、彼が出し抜けに「おっと！　レンズを落としてしまった。君、そこから首をつき出して、どこへ落ちたか見てくれるかね」と言った。

僕は首をつき出しかけたが、何かが額にごつんと当たってうしろにはね返されてしまった。打ち傷の出来たおでこをさすりながら、僕は責めるように問う目で、子供っぽく愉快げに笑っているポールを睨みつけた。

「どうだ？」と彼は言った。

「どうだって？」

「調べてみたらどうだ？」と彼はけしかけた。僕は調べてみた。もう一度頭をつき出す前、僕の五感が自動的に働いて、そこには何もないこと、僕と外とのあいだには何も介在しておらず窓の開口部はまったくの空っぽであることを伝えた。ところが、片手をのばしてみると、固い物体がそこにあるのが感じられた。滑らかで、冷たくて、平らな感触が、それがガラスであることを経験から僕に告げていた。もう一度見てみたが、やはり何も見えなかった。

「白色石英砂、炭酸ナトリウム、消石灰、カトレット、過酸化マンガン」とポールはすらすら列挙した。「これらを素材とする最高級フランス製板ガラス。サン＝ゴバン社の板ガラスといえば元々世界一だが、これはそのなかでも最高の一枚だ。べらぼうに高かったがね。だが見てみたまえ――見えないだろう。頭をぶつけるまでは、そこにあることもわからない。

どうだ、ちょっとした実地教育さ！　いくつかの元素は、それ自体では不透明でも、それらが化合されることによって、出来上がった物体は透明になる。でもそんなのは無機化学の話じゃないか、と君は言うだろうよ。まったくそのとおり。だが、いまここで誓って言うが、無機物で起きることをすべて、僕は有機物においても再現できるのさ」

「ほら、これ！」とポールはさらに言った。光と僕とのあいだに彼が試験管をかざすと、中に曇ったような、濁ったような液体が入っているのが見えた。別の試験管の中身をそこに空けると、ほぼ瞬時に、ぴかぴかに澄んだ液体が生じた。

「そして、これ！」。ぎくしゃくとせわしなく、試験管の行列のあいだを縫って動いて、ポールはある白い溶液をワインカラーに変え、薄い黄色の液を褐色に変えた。ある酸のなかにリトマス紙を落とすと、紙はたちまち赤くなり、アルカリのなかに浮かせるとやはりたちまち青くなった。

「リトマス紙はいまだリトマス紙のままだ」とポールは、改まった講演者口調で一語一語はっきり言った。「僕はそれを何か別のものに変えたわけではない。では何をしたのか？　単にその分子の構成を変えただけだ。はじめは赤以外すべての色を吸収したのが、分子の構成が変えられたことで、赤を含む、青以外のすべての色を吸収するようになったのだ。やろうと思えば無限に続けられる。で、僕がやろうとしているのは」――彼はそこで一呼吸置いた。「僕は探しているのだ、見つけ出すのだ、生きた有機物に作用して、たったいま君が目にしたことに相当するような変化をその分子にもたらすような試薬を。そういう、僕がいずれ見つけるはずの、そして実を言えばすでになかば手にしている試薬は、生きた固体を、青や赤や黒に変えるのではなく透明にするのだ。いっさいの光がそれを通過する。それは不可視になるのだ。いかなる影も生じない」

それから二、三週間して、僕はポールと狩りに出かけた。しばらく前からポールは、素晴らしい狩猟犬を使わせてやると僕に約束していて、とにかくもう最高の狩猟犬なのさ、とさんざん請けあうものだから、さすがに僕も好奇心をそそられたのである。ところがその朝行ってみると、僕はがっかりしてしまった。犬の姿はどこにもなかったのだ。

「見当たらないな」とポールは無頓着に言って、僕たちは狩り場へ出ていった。

どこが悪いのか、見当もつかなかったが、僕は何か重い病が自分に迫っているような気がした。神経の具合がどうにもおかしく、そんな神経に翻弄されて五感がひどく乱れているように思えた。奇妙な音に心がかき乱された。時おり、草ががさっ、がさっと脇へ押しやられる音が聞こえ、一度などは、石ころの多い地面をひたひた歩く足音が聞こえた。

「何か聞こえなかったかい、ポール？」と僕は訊いてみた。

だが彼は首を横に振って、黙々と両足を前に押し出しつづけた。

柵をよじのぼっている最中に、クーン、と低く熱っぽく鳴く犬の声が、どうやら僕の足下から五十センチと離れていないあたりから聞こえたが、あたりを見回しても何も見えなかった。

地面に飛び降りた僕の体は、力が抜け、ぶるぶる震えていた。

「ポール」と僕は言った。「屋敷に戻った方がよさそうだ。どうやら具合が悪いらしい」

「何言ってるんだ」と彼は答えた。「日光に当たって、酔払ったみたいになっただけさ。大丈夫だよ。天気のせいさ」

だが、細い道を通ってハコヤナギの木立《こだち》を抜けている最中、何かが僕の脚をこすっていき、僕はよろめいて、危うく転んでしまうところだった。僕は急に怖くなってポールを見た。

「どうした？」と彼は訊いた。「足がもつれたか？」

何も言わず黙って歩きつづけたが、気持ちはすっかり動揺し、何か急性の奇怪な病に神経をやられたのだという確信が固まっていった。いままでのところ、目は無事だった。ところが、開けた野原にふたたび出てみると、視力まで怪しくなってきた。虹のような、不思議なまだらの光が、目の前の地面でチカチカ見えたり消えたりしはじめたのだ。それでも何とか自分を抑えていたが、やがてまだらの光は持続するようになり、点滅し踊りながらたっぷり二十秒続いた。僕はへなへなと座り込んだ。

「もう駄目だ」と僕は喘ぎあえぎ、両手で目を覆いながら言った。「目をやられた。ポール、屋敷へ連れて帰ってくれよ」

だがポールはゲラゲラ騒々しく笑うばかりだった。「言っただろう？　最高の狩猟犬だって。どうだ？」

そして彼は僕からいくぶん顔をそむけて、口笛を吹きはじめた。ぱたぱた足音が聞こえ、興奮した動物の喘ぎ、そして間違いない、犬がキャンキャン鳴く声が聞こえた。ポールはしゃがみ込んで、見たところ何もない虚空を優しく撫でた。

「そら！　手を出したまえ」

そして彼は僕の手を、犬の冷たい鼻とあごになすりつけた。たしかに犬だった。形も、滑らかで短い毛も、ポインターのそれだった。

僕はすぐに元気と落着きを取り戻した。ポールは犬の首に首輪をはめ、尻尾にハンカチを縛りつけた。空っぽの首輪とひらひら揺れるハンカチが野原を飛び回る、驚くべき光景を僕らは目のあたりにした。その首輪とハンカチが、ウズラの群れをハリエンジュの木立に追い込み、僕らが追い立てにかかるまで一歩も動こうとしない光景は何とも見ものだった。

　時おり犬は、すでに述べたまだらの点滅光を発した。これだけは想定外で、解決できるかどうかもわからないとポールは言った。

「とにかくいろいろあるんだ」とポールは言った。「幻日《サンドッグ》、風虹《ウインドドッグ》、虹、光輪。鉱物や氷の結晶、靄《もや》、雨、しぶき、その他いろんなものから光が反射することで生じる。どうやらこれが透明性の代償らしい。ロイドの影は逃れたものの、虹の閃光に行きあたってしまったんだ」

　二日ばかり経って、ポールの実験室の入口まで来ると、すさまじい悪臭が僕の鼻を襲った。あまりにひどい臭いなので、出所をつきとめるのは訳なかった。上がり段のところに、全体の輪郭としては犬に似た、腐敗した物質の塊があった。

　僕に呼ばれて見にくると、ポールは息を呑んだ。それは彼の透明犬だった。というか、透明犬だったものだ——いまはもうはっきり目に見えるのだから。ポールが言うには、犬はほんの数分前まで元気いっぱいはしゃぎ回っていたということだった。よく見てみると、頭蓋骨が何かで強く殴られて砕けていた。犬が殺されたことも不思議だったが、その体があっという間に腐敗したことはおよそ不可解だった。

「こいつの体内に注射した試薬には、べつに害はないはずだ」とポールは言った。「とはいえ、大変強力ではあるから、死が訪れたとたんに崩壊を引き起こしてしまうらしい。驚きだ！　実に驚きだ！　肝腎なのは死なないことだな。生きている限り害はない。それにしても、いったい何《なに》で殴られたんだろう」

この謎については、怯えきった女中が告げにきた、ギャファー・ベドショー発狂の知らせがヒントとなった。その朝、まだ一時間も経っていないついさっき、ベドショーはすさまじい狂気に陥って、縛りつけられ、自分の屋敷の狩猟小屋で、ティチローン家の牧草地で遭遇した獰猛な巨獣との戦いについてわめき散らしているという。その未知の獣は目に見えなかった、そいつが目に見えないことを僕はこの目で見たんだ、とベドショーは言い張り、妻と娘たちは涙にくれて首を振るばかりで、彼がますます狂暴になってきたので、庭師と御者とで、革帯の穴をもうひとつきつくせざるをえなかったという話だった。

さて、ポール・ティチローンが不可視性の問題を解決しつつあったさなか、ロイド・インウッドも一歩も遅れてはいなかった。進展ぶりを見にきてほしい、と連絡があったので僕は出かけていった。ロイドの実験室は広大な地所の真ん中にぽつんと建っていた。気持ちのいい小さな空地にあって、鬱蒼《うっそう》とした森に四方を囲まれ、くねくね折れ曲がった道を行った奥に位置していたが、僕はもう何べんも来ていたから、道は隅々まで知りつくしていた。だから、空地に出て、実験室が見つからなかったときの驚きを想像してほしい。赤い砂岩の煙突のある、古風な納屋ふうの建物が、すっかり消えていたのだ。かつて建物がそこにあった気配すらなかった。

廃墟も、残骸も、まったく何もなかった。

以前それが建っていた場所に向かって僕は歩いていった。「ここから玄関のドアに通じる踏み段がはじまるはずだ」そう思わず口にしたとたん、爪先が何か障害物にぶつかって、僕は前方に倒れ込み、いかにもドアだと感じられる何かでしこたま頭を打った。手をのばしてみた。それはドアだった。把手を探りあて、回した。そのとたん、ドアがぐいっと内側に開き、実験室の内部が一気に目に飛び込んできた。ロイドに声をかけながら、僕はドアを閉めて、何歩かうしろに下がってみた。建物はまったく見えなかった。もう一度戻って、ドアを開けると、すべての家具が、中の細部すべてが、ふたたび一気に見えた。まったくの無から、光と形と色への突然の移行。まさしく驚異だった。

「なあ、どうだ？」とロイドは僕の手をぎゅっと握って振りながら訊いた。「昨日の午後、絶対の黒を試しに外の壁に塗ってみたんだ。頭は大丈夫か。だいぶ派手にぶつけただろう」

僕が口にした祝福の言葉を遮って、「そんなことはどうでもいい」とロイドは言った。「もっと大事な頼みがあるんだ」

喋りながらロイドは服を脱ぎにかかり、じき僕の前に裸で立つと、壺と刷毛《はけ》をつき出して、「さあ、これを僕に塗ってくれ」と言った。

それは油っぽい、ニスのような液体で、肌の上にすんなり広がり、塗るはしから乾いていった。

「これは単なる用心、下準備だ」と、僕が塗り終えるとロイドは言った。「さ、ここからが本番だ」

ロイドが指さした別の壺を僕は手にとり、中を覗いたが、何も見えなかった。

「空っぽじゃないか」と僕は言った。

「指をつっ込んでみろよ」

言われたとおりにすると、冷たい、湿った感触があった。手を引っ込めて、つっ込んだ人差し指を見てみると、指は消えていた。動かしてみると筋肉の張りと緩みが交互に訪れることから、自分がそれを動かしていることは自覚できたが、とにかく視覚は否定されていた。見かけ上は、どう見ても指が一本欠けてしまったのだ。やっと視覚上の感触が得られたのは、消えた指を天窓の下でまっすぐのばして、影が床にはっきり浮かぶのが見えたときだった。

ロイドはくっくっと笑った。「さあ塗ってくれ、目をちゃんと開けてろよ」

見たところ空っぽの壺に僕は刷毛を入れてから、ロイドの胸に、長く一筋塗った。刷毛が通っていくはしから、その下の肉体が消えていった。右脚全体に塗ると、ロイドは重力の法則にまっこうから逆らう一本足男になった。そうやって一刷毛ひと刷毛、四肢の一つひとつ、僕はロイドを無へと塗り込めていった。何とも気味悪い体験だった。見たところ何の支えもなく宙空に浮かぶ、彼の燃えるような黒い目以外もはや何もなくなると、僕は正直言ってホッとした。

「目のためには、精製した無害の溶液があるんだ」と彼は言った。「エアブラシで一吹きすれば、一丁上がり！　僕はいなくなるのさ」

　そのとおり手際よくなしとげると、ロイドは「あちこち動いてみせるから、どういう感触を覚えるか、言ってくれたまえ」と言った。

「まず第一に、君の姿が見えない」と僕が言うと、ロイドの愉快げな笑い声が虚空のただなかから聞こえてきた。「もちろん君は、影からは逃れられないわけだが」と僕は先を続けた。「それは予期していたことだ。君が僕と、ある物体とのあいだを通過すると、その物体は消えるが、その消滅があまりに異様で実感しがたい出来事なものだから、僕には自分の目がぼやけてしまったように感じられる。君がすばやく動くと、ぼやけが次々連続して起きて、僕はすっかり面《めん》喰《くら》ってしまう。目がずきずき疼いて、脳に疲れを感じる」

「ほかにも何か、僕が来たというしるしはあるか？」

「ないとも言えるし、あるとも言える」と僕は答えた。「君がそばに来ると、湿った倉庫や陰気な地下堂や深い炭鉱に入ったのと似た気分になる。暗い夜に、陸が迫っているのを船乗りが感じとるように、僕も君の体が迫ってくるのを感じるのだと思う。でもとにかく何もかもが漠としていて、実感がない」

　実験室で過ごしたその最後の朝、僕たちは長いあいだ話しあった。僕が帰ろうとすると、ロイドはその見えない手でせわしなく僕の手を握り、「これで世界征服さ！」と言った。ポール・ティチローンも等しく成功を収めていることを、僕はロイドに告げる度胸がなかった。

家に帰るとポールから連絡が届いていて、いますぐ来てほしいとあった。僕は自動車を飛ばし、ちょうど正午に彼の屋敷の前に乗りつけた。ポールがテニスコートから声をかけたので、車を降りてそっちへ歩いていった。だがコートには誰もいなかった。あんぐり口を開けてそこに立っていると、テニスボールが腕に当たったので、ふり向くと、もうひとつのボールが僕の耳をかすめて飛んでいった。投げている人間は見えないまま、何もない空間からビュンビュン飛んできて、僕はさんざん痛めつけられた。が、すでに飛んできたボールがもう一度攻撃に使われはじめると、僕も状況を理解した。そばにあったラケットを摑んで、目をしっかり開けると、すぐさま、虹の閃光が見えたり消えたりしながら地面の上をささっと動くのが見えた。僕はそれに向かってボールを打った。強烈なショットを半ダースばかりくり出したところで、ポールの声が響いた。

「わかった、わかった！　痛っ！　もうよせ！　こっちは裸の体にボールを喰ってるんだぜ！　いててて！　痛い！　悪かったよ、悪かった！　僕の変身を見せたかっただけさ」と彼はしおらしげに言った。痛いところをさすっているんだろうな、と僕は思った。

何分かして、僕たちはテニスの試合に興じていた。何しろ、ポールと太陽と僕とのあいだの角度がちょうど適当な組み合わせになったとき以外、彼がいる位置は知りようがないのだから、どう考えてもこっちは不利である。角度が適当になった瞬間、閃光はつかのま浮かび、また消えた。だが閃光は虹よりも明るかった。混じりけなしの青、この上なく優美な菫色、ひどく明るい黄色、そしてこれらすべての中間の色が、ダイヤモンドもかくやというまばゆさできらめき、玉虫色の輝きで目を眩ませた。

ところが、試合の最中に、僕はいきなり悪寒《おかん》に襲われた。けさ経験したばかりの、深い炭鉱や陰気な地下堂を思い出させる悪寒だった。次の瞬間、ネット近くの何もない宙空でボールがはね返るのが見え、と同時に、五、六メートル離れた位置でポール・ティチローンが虹の閃光を放った。はね返ったボールは、ポールが打ったものではありえない。ぞっとする思いとともに、ロイド・インウッドがやって来たことを僕は悟った。念のため影を探してみると、案の定、体の輪郭をぼんやりなぞったかたまりが（太陽は空に出ていた）、コートの上をひたひた動いていた。さっきの彼の科白を僕は思い出した。長年のライバル関係が、この世ならぬ争いのなかでついに頂点に達するのだと僕は確信した。

僕が警告の言葉をポールに向かって叫ぶと、野獣のようなうなり声が、そしてそれに応えるうなり声が聞こえた。僕が見守るなか、黒い塊がするするっとコート上を動く一方、さまざまな色から成るまばゆい光がそれに劣らぬ速さで出迎えた。影と閃光が合体し、目に見えぬ殴打の音が聞こえた。僕の怯えた目の正面で、ネットがはらりと落ちた。争っている二人の方へ僕は飛んでいって、「やめろ！」と叫んだ。

だががっちり組みあった彼らの体は僕の膝を打ち、僕は吹っ飛ばされた。

「君は引っこんでいたまえ！」何もない空間からロイド・インウッドの声が聞こえた。それからポールの声が、「そうだ、仲裁はもうたくさんだ！」と叫んだ。

声の聞こえ方から、二人がたがいから離れたことが僕にはわかった。ポールの位置はわからなかったので、ロイドの影の方へ寄っていった。ところが反対側から、すさまじいパンチが僕のあごの先を打った。ポールが怒った金切り声で「さ、あっちへ行け！」とわめくのが聞こえた。

二人はふたたび取っ組みあった。殴打の衝撃、二人のうめく声、喘ぐ声、一瞬の閃光、影の動き、それらすべてが死闘の烈しさを物語っていた。

僕は助けを求めて叫び声を上げた。と、ギャファー・ベドショーがコートに駆け込んできた。近づいてくる彼が、僕の方を変な目で見ていることは見てとれたが、彼はそのまま二人に衝突し、頭からコートに叩きつけられた。ベドショーは絶望の悲鳴を上げ、「ああ、ここにいたのか！」と叫んで立ち上がり、狂おしくコートから駆け出ていった。

手の出しようがないので、僕は身を起こし、魅入られたように、なすすべもないまま死闘を見守った。何もないテニスコートに、昼の太陽がギラギラまぶしく照りつけた。コートには本当に何もなかった。見えるのはただ、影の塊、虹の閃光、見えない足から立ちのぼる埃、ぎゅっと靴底に押されて剝がれる地面、一度か二度彼らの体がネットにぶつかったときに生じた大きな膨らみ、それだけだった。しばらくすると、それさえもなくなった。もはや閃光も浮かばず、影は細長くなり動かなくなった。そして僕は、涼しい水底で木の根っこにしがみついた二人の、子供っぽい、だが断固とした顔を思い出した。

僕は一時間後に発見された。何があったのか、召使いたちも薄々勘づいて、みな揃ってティチローン家を去っていった。ギャファー・ベドショーは二度目のショックから立ち直れず、回復の見込みもなくいまも精神病院に入れられている。

驚異的な発見の秘密はポールとロイドとともに消滅した。どちらの実験室も、哀しみにくれた親族によって取り壊されてしまったのだ。僕自身はといえば、もはや化学の研究には興味がないし、科学の話題全般が僕の家ではタブーだ。僕はバラの世話に戻った。自然の色で僕には十分なのだ。

戦争
War

I

彼はまだ若い、せいぜい二十四か五の男で、もしこれほど猫みたいにピリピリしていなかったら、その若さにふさわしい、屈託のない優雅さで馬に乗っていたことだろう。だがその黒い目はあらゆる方向を見てうろつき回り、小鳥が跳ねる木の枝の動きまでも捉え、刻々変わる木々や藪の眺めを前へ前へと追っては、つねにまた左右の下生えに戻ってくるのだった。そうやってあたりを見渡しながら、耳も一緒に澄ませたが、馬を進めるなか、ずっと西の方で轟く重砲の音以外は何も聞こえてこなかった。重砲はもう何時間も前から耳のなかで単調に鳴り響いていて、もしそれが意識にのぼるとしたら、むしろ響きが止むときだっただろう。彼にはもっと近くに気を配るべき事柄があったのだ。鞍頭《くらがしら》にはカービン銃が載せてあった。

ひどく神経が昂《たか》ぶっていたものだから、馬の鼻先からパッとうずらの群れが飛び上がったときもすっかり驚いてしまい、とっさに手綱《たづな》を引いてカービン銃を肩に持っていきかけた。やがて彼はバツが悪そうに苦笑いし、気を取り直して先へ進んでいった。あまりに気が張りつめ、任務のことで頭が一杯であるせいで、拭われもしない汗が両目を刺し、そのまま鼻筋を流れて鞍頭に飛び散った。騎兵帽の帯には、まだ新しい汗のしみが浮かんでいた。彼の下で、鹿毛《かげ》の馬の体も同じく湿っていた。暑い、風のない日の真昼だった。鳥やリスすら日なたに出ようとせず、木々のあいだの日蔭にこもっていた。

どうしても避けられないとき以外、開けた場所に出なかったせいで、人間も馬も体のあちこちに葉っぱがくっつき、黄色い花粉が埃のようにまとわりついていた。できる限り雑木林や木立から離れぬようにし、乾いた空地が広がっていたり、牧草地が無防備に開けたところを渡るときは、つねに立ち止まってそっと先を見た。動きは曲がりくねっていても、つねに北へ向かうよう気をつけていた。探している目当てのものが、おそらく北の方で見つかりそうだと踏んでいたのである。彼は臆病ではなかったが、持っている勇気は並みの文明人のそれだった。彼はあくまで生きようとしていた。死のうとなどしていなかった。

小さな斜面にできた、牛の通る道を抜けていった。藪がひどく密集しているので、馬から降りて引いていくしかなかった。が、道が大きく西に曲がると、そこから離れて、ナラの木に覆われた尾根にそってふたたび北に進んでいった。尾根の端は急な下り坂になっていて、あまりに急なものだから、斜面をジグザグに行き来するしかなく、落葉やもつれた蔓《つる》のなかを滑ったりよろけたりしながら、頭上から馬が落ちてきてつぶされぬよう目を光らせていた。汗がだらだら出てきて、花粉の埃がたまり口や鼻孔をつんと刺して喉の渇きをいっそう増した。どんなに気をつけても、坂を下っていく足音を消すことはできず、何度も立ちどまって、乾いた暑さのなか肩で息をし、下から何か怪しい音はしないかと耳をそばだてた。

坂を下りきると、そこは平地になっていたが、木々がびっしり生えていて、平地がどこまで広がっているかは見きわめられなかった。ここから森の様子が変わって、また馬に乗れるようになった。斜面に生えていたよじれたナラに代わって、まっすぐ伸びた高い木が並び、枝のたっぷりついた太い幹が、水気の多い肥えた土から突き出ていた。深い藪はところどころにあるだけで、避けるのは訳なかった。うねるように広がっている、公園のように開けた、戦争で追い立てられる以前の日々に牛たちが草を食《は》んでいたであろう場所にも何度か行きあたった。

さっきより速く進めるようになって、じきに谷間へ降りていき、三十分馬を走らせた末に、開けた土地の端に作られた、おそろしく古い木の柵の前で止まった。周りから丸見えなのは嫌だったが、行こうとしている道はそこをまたいで、小川の土手に沿った木立につながっている。開けた場所を行くのはせいぜい四百メートルというところだが、あそこを進んでいくと考えただけでぞっとした。あの川べりの葉むらのなかに、ライフルが一本、数十本、千本ひそんでいるかもしれない。

二度動き出そうとしたが、二度とも立ちどまった。心細さに、我ながら愕然とした。西で響いている戦争の脈動は、何千人もが共に戦っている連帯を感じさせたが、ここでは静寂と、彼自身が在るのみ——それと、無数の待ち伏せ場所にひそんでいるかもしれない、死をもたらす銃弾。とはいえ、彼の任務は、まさに自分が発見するのを恐れているものを発見することなのだ。とにかく先へ行くしかない。いつか、どこかで、別の人間に、あるいは人間たちに出会うまで行くしかない。向こう側の人間もしくは人間たちも、彼が偵察しているのと同じように偵察していて、敵との遭遇を報告するのが彼の義務であるのと同じように彼らの義務でもあるのだ。

気が変わって、しばらくのあいだは森から出ず縁にそって進んでいき、それからまた前方を覗いてみた。今回は、開けた土地の真ん中に小さな農家が見えた。生き物のいる気配はない。煙突から煙がうねってもいないし、前庭を鶏がコッコッと鳴きながら練り歩いたりもしていない。台所の扉が開けっ放しになっていて、ひどく長いことそのぱっくり黒く開いた口を覗き込んでいたせいで、いまにも農家の女房が出てきてもおかしくない気がした。

乾いた唇にこびりついた花粉と土埃を舐《な》めて、身も心も引き締め、ぎらぎら照りつける日の光のなかへ馬を進めた。何ひとつ動くものはなかった。家を通り過ぎてその向こうまで行って、川の土手に面した木々や藪の作る壁に近づいていった。頭のなかで、ひとつの思いが執拗に狂おしく響いていた。自分の体に、高速度の銃弾が飛び込んでくるという思い。それを考えると、自分がこの上なくもろく、無防備に感じられて、鞍に座った身をいっそう低くかがめた。

森の縁に馬をつないで、百メートルばかり歩き、小川に出た。川幅は六メートル、目に見えるほどの流れもなく、涼しげで気持ちよさそうだった。喉もひどく渇いていた。だが彼は、葉むらが作る幕の内側で待って、向こう側の幕にじっと目を据えた。待つことを少しでも耐えやすくしようと、カービン銃を膝に載せて地面に座り込んだ。何分かが過ぎて、少しずつ緊張がほぐれていった。やっとのことで、危険はないと決めた。だが、いよいよ藪を押し分け水の方に乗り出そうとしたところで、向かい側の藪での動きが彼の目を捉えた。

鳥かも知れない。だが彼は待った。またも藪が揺れて、それから、あまりに突然だったのでもう少しでアッと声を上げてしまいそうになったのだが、藪の一箇所が押し分けられて、ひとつの顔がそっと現われた。何週間分かの、ショウガクッキー色のひげに覆われた顔だった。目は青く、目と目のあいだが広く、顔全体の疲れて不安げな表情とは釣りあわない笑い皺が目尻に浮かび上がっていた。

こうしたすべてが、顕微鏡で見るようにはっきりと見えた。何しろ距離は六メートルくらいしかない。そしてこうしたすべてを、彼はごく短い、カービン銃を肩に持ち上げるあいだの時間に見た。照準器ごしに向こうを見て、自分はいま、死んだも同然の人間を目にしているのだと悟った。これほどの至近距離となれば、絶対に外しようはない。

だが彼は撃たなかった。ゆっくりとカービン銃を下ろして、見守った。水筒を持った片手が現われ、ショウガ色のひげが、水筒に水を入れようとして前に乗り出してきた。水がゴボゴボ鳴るのが聞こえた。それから、腕と水筒とショウガ色のひげが、押し分けられたすきまが閉じてゆく藪の向こうに消えていった。彼は長いあいだ待った。そして喉の渇きも癒えぬまま、馬の方へ這い戻って、日の光に洗われた開けた土地をゆっくり越えていき、安全な森へと入っていった。

Ⅱ

ふたたび暑い、風のない日。開けた土地に、見捨てられた、だだっ広い農家が建っている。離れや納屋がいくつもあって、果樹園もある。森の方から、鹿毛の馬に乗って、鞍頭にカービン銃を載せた、せわしない黒い目の若者がやって来た。家に近づくにつれて、若者はホッとため息をついた。この季節のはじめにここで戦闘が起きたのは明らかだった。挿弾子《そうだんし》や空《から》の薬《やっ》莢《きょう》が緑青《ろくしょう》に覆われて地面に転がり、地面は地面で、濡れているあいだに馬のひづめによって痛めつけられていた。台所に面した菜園のすぐそばに墓が並んで、それぞれに札と番号が付けてある。台所近くのナラの木から、ぼろぼろの、雨風にさらされた服を着た男二人の死体がぶら下がっていた。顔はどちらも萎《しぼ》み、損なわれ、およそ人間の顔に似ていなかった。鹿毛の馬がそれらの下で鼻を鳴らし、乗っている若者は馬を優しく撫で、なだめて、もっと離れたところに手綱をくくりつけた。

家に入ると、中はめちゃくちゃに荒れていた。空の薬莢を踏みつけながら部屋から部屋へ歩いていって、窓から外を偵察した。いたるところに兵士たちが入り込み、眠った跡があった。ある部屋の床に、見るからに負傷者たちを寝かせたとわかるしみが広がっていた。

ふたたび外へ出ると、馬を引いて納屋の裏手に回り込み、果樹園に踏み込んだ。十本あまりの木に、熟したリンゴがたわわに生《な》っていた。リンゴを摘みながら齧り、ポケットに詰めこんだ。それから、ふと思いついて、太陽を見やり、野営地まで戻る時間を計算した。シャツを脱いで、袖を縛って袋を作り、袋にもリンゴを詰めた。

いまにも馬に乗ろうとしていると、馬がいきなりピンと耳を立てた。男も耳を澄ますと、かすかに、どっ、どっ、と柔らかい土をひづめが打つ音が聞こえてきた。納屋の隅まで這っていって、向こうを覗いてみた。騎乗の男たちが十人あまり、ゆるやかに散らばって、開けた土地の向こう側から近づいてくる。距離は百メートルくらいしかない。じきにみんな家までやって来た。何人かは馬から下りたが、何人かは鞍の上にとどまった。どうやら長くいる気はないらしい。何か話し合いをしているのか、みな興奮した口調で、外国の侵入者の呪わしい言語を喋っているのが聞こえた。時間は過ぎていったものの、彼らは合意に達することができずにいるようだった。彼はカービン銃を銃差しに入れて、馬にまたがり、リンゴを入れたシャツの袋を鞍頭に載せ、苛立たしい思いで待った。

誰かの足音が近づいてくるのが聞こえると、鹿毛の馬に思いきり拍車をあてた。あまりに激しくあてたので、馬はあわてて飛び出しながら驚きのうめき声を上げた。納屋の隅まで行くと、近づいてきた人物が見えた。軍服は着ていてもせいぜい十九か二十の青年で、馬に蹴られぬようあわてて飛びのいた。同時に鹿毛の馬がぐいと方向を変えたので、馬に乗った男は家のそばにいる男たちの姿を一瞬見ることができた。みな物音に気づいて、何人かは馬から飛び降りた。

ライフルが彼らの肩に持ち上がるのが見えた。敵が家の正面を回ってこざるをえないよう、男は台所の扉の前を過ぎ、木蔭で揺れている乾いた死体の前を抜けていった。ライフルが一度鳴り、二度鳴ったが、身をかがめて前に乗り出し迅速に走って、片手でリンゴの入ったシャツを摑み、もう一方の手で馬を操った。

柵の一番上の横棒は高さが一メートルちょっとあったが、彼は自分の愛馬をよく知っていた。何発かのまばらな銃声を伴奏に、全速力で柵を跳び越えた。まっすぐ前に八百メートル行けば森だ。鹿毛の馬は力強い足どりでぐんぐん進んでいた。いまや全員が発砲していた。みなすさまじい勢いで連射しているので、もはや一つひとつの音は聞こえなかった。一発の銃弾が帽子を貫通し、彼はそれに気づかなかったが、もう一発が鞍頭のリンゴを貫いたことには気がついた。顔を歪め、さらに身を低くすると、三発目が低く飛んできて、馬の脚と脚のあいだの石に当たり、跳ねかえって宙を飛んでいき、何かとてつもない昆虫のようにブーン、ウーンと鳴った。

そのうちに弾倉が空になってきて弾は飛んでこなくなり、じきにピタッと銃声も止んだ。若者は意気揚々としていた。あのすさまじい一斉射撃を、自分は無傷でくぐり抜けたのだ。彼はうしろをふり返った。そう、敵はもう弾倉を空にしてしまったのだ。と、何人かが弾を込め直しているのが見えた。別の何人かは、馬のところに戻ろうと家の裏手に走っていた。彼が見ているなか、早くも馬に乗った二人が表に回ってきてふたたび視界に入り、ぐんぐん疾走してきた。と同時に、あの見間違えようもない、ショウガ色のひげの男が地面にひざまずくのが見えた。男が銃を構え、ロングショットを決めようとじっくり狙いを定めるのが見えた。

若者は馬に思いきり拍車をあて、精一杯身をかがめて、相手の狙いを乱そうといきなりぐいっと方向を変えた。それでもまだ、一撃は来なかった。馬が一足跳ねるたびに、森はぐんぐん近くなっていった。もうあとほんの二百メートル。それでもまだ、一撃は先のばしにされていた。

それから、彼はその音を、この世で聞くことになる最後の音を聞いた。鞍からけたたましく、ずるずると落ちていくなか、地面に行きつく前に彼は死んでいた。家の前に立つ男たちに見守られながら、彼は地面に落ち、体が地面に当たってぽんと跳ね、赤いほっぺたのようなリンゴが飛び散ってそこらじゅうに転がった。リンゴがいくつも場違いに飛び出してきたのを見て男たちは声を上げて笑い、ショウガ色のひげ男が決めたロングショットをたたえて手を叩いた。

一枚のステーキ
A Piece of Steak

パンの最後のひとかけらでトム・キングは皿から小麦ソースの最後のひとしずくを拭きとり、その一口をゆっくり、考え深げに噛んだ。食卓を立つと、まだ全然腹ぺこだ、という思いが襲ってきた。けれど食べたのは彼一人なのだ。隣の部屋にいる二人の子供は、夕食をもらえなかったことを忘れてしまうよう早寝させられた。妻も何ひとつ手をつけず、黙って座って、案じるような目でじっと彼を見ていた。妻は痩せた、やつれた労働階級の女だったが、かつては綺麗だった面影も残っていた。小麦ソースを作る小麦粉は廊下をはさんだ向かいの家族から妻が借りたものだった。最後の半ペニー貨二枚はパンを買うのに使った。

窓辺に置いた、彼の重みに音《ね》を上げるぐらぐらの椅子にトム・キングは腰を下ろし、何も考えずに口にパイプを入れて、上着の横ポケットに手をつっ込んだ。煙草の葉がそこにないことでやっと我に返り、自分の忘れっぽさに顔をしかめて、パイプを脇へうっちゃった。彼の動きは緩慢で、あたかも自分の筋肉の重さを負っているかのように、のっそりした印象を与えた。がっしりした体付きの、いささか鈍感そうな男で、人好きのする見かけとはおよそ言いかねた。粗《あら》い作りの服は古びてよれよれだった。靴の表側は、裏面になされた大幅な張り替えに耐えるにはもう弱すぎたし、張り替え自体もずいぶん時が経っていた。安物の、シリング貨二枚で買えそうな綿のシャツは、襟がすり切れ、洗っても落ちないペンキのしみがついていた。

けれども、トム・キングの人となりを紛《まご》うかたなく伝えているのは、何といってもその顔だった。それは典型的な拳闘選手の顔だった。長年にわたって四角いリング内で務めを果たし、それを通して、闘う獣の特徴をすべて身につけ、育んできた人間の顔。それは見るからに無愛想な顔つきであり、その目鼻立ちを誰も見逃さぬよう髭《ひげ》はきれいに剃ってあった。唇は形が崩れ、過度に荒々しい、深い切り傷のような口を作り出していた。あごは攻撃的で、獰猛そうで、重たかった。目は動きがゆっくりで瞼は重く、内側にカールしたごわごわの眉毛の下でほとんど無表情に見えた。根っからの動物と言うほかないこの男にあって、目はとりわけ動物的だった。眠たげな、ライオンを思わせる、闘う動物の目だった。斜めに傾いだ狭い額を上にたどればたちまち髪の生えぎわにたどり着き、短く刈り込まれた髪は、やくざ者ふうの頭部のでこぼこを残らずさらしていた。二度骨折し、無数のパンチであちこち形を変えられた鼻と、恒久的に腫れ上がり二倍の大きさに歪んでいるカリフラワーのごとき耳が装飾の仕上げを務める一方、あご髭は剃り立てながらすでに肌から若芽のように生えてきて、青黒いしみを顔にもたらしていた。

全体としてそれは、暗い路地や寂しい場所で出会ったら恐れた方が身のためである人間の顔だった。とはいえトム・キングは犯罪者ではなかったし、法に触れるような行ないをしたことは一度もなかった。彼のような暮らしぶりでは日常茶飯事であるたぐいの喧嘩を別とすれば、誰を傷つけたこともなかった。それに、自分から人に喧嘩を吹っかけたりもしない。彼はプロの拳闘士なのであり、持っている戦闘的な獰猛さはすべて、プロとして人前に出るときのためのものだった。リングの外では動きもおっとりしていて、人柄も気さくで、もっと若く金回りもよかったころにはあまりに気前がよすぎてずいぶん損をしたものだった。人を恨んだりもせず、敵もほとんどいなかった。戦うことは彼にとってあくまで仕事だった。リングに上がれば相手を痛めつけるために殴り、相手の体を損なうため、破壊するために殴ったが、そこに何ら憎悪の念はなかった。それは単純明快な仕事上の取り決めだった。観衆は男二人がたがいを打ち倒すのを見るために集まり、金を払う。そして勝者が分け前の大半を手にするのだ。二十年前にウールームールー・ガウジャーと対戦したとき、ガウジャーがニューカースルでの試合であごの骨を折って以来四か月しか経っていないことをトム・キングは知っていた。だから彼はそのあごを狙って攻め、第九ラウンドにふたたびその骨を折った。べつにガウジャーに対して悪意があったからではなく、それがガウジャーをやっつけて分け前の大半を手にする一番確実な方法だったからだ。ガウジャーだって、そのことで彼に悪意を抱いたりはしなかった。ボクシングとはそういうものだ。二人ともボクシングの何たるかを知っていて、そのとおりに戦ったのである。

トム・キングは元々口数が多い方ではなく、いまもむすっと黙って窓辺に座り、自分の両手を見つめていた。手の甲からは血管がぷっくり大きく浮かび上がり、さんざん砕かれ潰され歪められてきた指関節は、手がいままでどんな目に遭ってきたかを物語っていた。人の生とはその動脈の生である、などといった言い草を聞いたことはなくても、それら太い、浮き立った血管の意味は彼にもよくわかっていた。心臓はこれまで、あまりに大量の血をあまりに急激にそこへ送り込みすぎていた。いまや血管は十分に働けなくなっていた。膨らませすぎてもう伸縮性は失われ、それとともに彼の忍耐力も失われていた。いまではもう、体もすぐ疲れてしまう。矢のように二十ラウンドをこなすのはもう無理な相談だった。猛烈に戦って、戦って、ゴングからゴングまで戦って、すさまじい打ち合いを何度もくり広げ、ロープに吹っ飛ばされ相手をロープに吹っ飛ばし、最後の第二十ラウンドに至って最高にすさまじく最高にめまぐるしい打ちあいをくり広げ、観衆は総立ちで絶叫し、彼はぐいぐい前に出る、パンチをくり出す、ひょいとダックする、ブローを次々雨あられと浴びせブローを雨あられと浴びせられ、その間ずっと心臓はたぎる血をしかるべき血管へ忠実に送り出す。もうそんなことは不可能だった。かつては、一時的に膨れ上がっても、血管はいつもまた縮んだものだった——ただし、元とまったく同じ細さにではなく、はじめはほとんど目につかない程度に、前よりほんの少し太い細さまで。そしてトム・キングはいま、血管を、痛めつけられた指関節を、じっと見ている。一瞬、〈ウェールズの脅威〉の異名をとったベニー・ジョーンズの頭を打って指関節を初めて傷めた前の、若々しかった両手の美しさが眼前に浮かび上がった。

空腹の圧迫が戻ってきた。

「ああ、ステーキが一枚食えないか!」と彼は声に出して呟いた。巨大なこぶしをぎゅっと握り、呪詛の言葉を押し殺すように吐き出した。

「頼んでみたのよ、バークスでもソーリーズでも」と妻がなかば謝るように言った。

「断られたのか?」と彼は問いつめるように訊いた。

「半ペニーも。バークなんて——」妻は言いよどんだ。

「バークがどうした? 何て言ったんだ?」

「今夜あんたはどうせサンデルに負かされるだろうし、ただでさえもうたっぷりツケはたまってるって」


トム・キングはうなり声を漏らしたが、何とも答えなかった。若いころ飼っていたブルテリアのことを考えるのに忙しかったのだ。あの犬にいったい、何枚ステーキを食わせてやったことか。あのころだったらバークも、ステーキ千枚分だってツケにしてくれただろう。だが時は変わった。トム・キングは老いつつあった。そして老いた、二流のクラブで戦う男たちには、商人たちも大したツケは許してくれないのだ。

彼はその朝、ステーキを一枚食べたいという願望とともに目を覚ました。願望はまだ薄れていなかった。彼はこの試合のためにまともなトレーニングができていなかった。今年のオーストラリアは日照り続きで、景気は悪く、ほんの半端仕事さえなかなか見つからなかった。スパーリング・パートナーもいないし、食事もベストではなく、量もつねに十分とは言えなかった。何日かの土方仕事にありつけたときはそれをやり、脚の衰えを防ごうと朝早くにドメイン公園を走りもした。だがそれは辛い状況だった。パートナーもなく、養うべき妻と子供二人を抱えている。サンデルとの試合が決まったとき、商人たちが認めてくれるツケの額はほんの少し増えた。ゲイエティ・クラブの事務局長も三ポンド――負けた側の取り分だ――を前貸ししてくれたが、それ以上は一文も出してくれなかった。時おり、昔の友だちから何シリングかを借りた。彼らとしても本当ならもっと貸してくれるところだったろうが、何しろ日照りの年であり、彼ら自身も苦しいのだ。そう、隠してもはじまらない。トレーニングは十分でない。彼は余計な心配に煩わされたりせず、もっといいものを食べているべきなのだ。それに、四十歳ともなればコンディションを整えるのにも時間がかかる。二十歳のころのようなわけには行かない。

「何時だ、リジー？」と彼は訊いた。

妻は廊下の向こうまで訊きに行って、戻ってきた。

「八時十五分前よ」

「最初の試合はじき始まるな」と彼は言った。「そいつはほんのテストだ。で、次はディーラー・ウェルズとグリドリーの四回戦、それからスターライトとどっかの船乗りの十回戦。俺の出番まではまだ一時間以上あるな」

沈黙がさらに十分間続いた末に、彼は立ち上がった。

「あのさリジー、俺、トレーニングちゃんとできてないんだ」

彼は帽子に手をのばし、ドアの方へ歩き出した。妻にキスしようとはしなかったが――出かけるときにはいつもしない――今夜は妻の方から両腕を巻きつけてきて、彼女の顔の方にかがみ込むよう夫に強いた。夫の巨体と一緒だと、妻はひどく小さく見えた。

「がんばってね、トム」と妻は言った。「やっつけてよ」

「ああ、やっつけなきゃな」と彼は答えた。「やるっきゃない。とにかくやっつけなきゃ」

上機嫌を装って笑ってみたが、妻はますますぴったりしがみつくだけだった。妻の肩の向こうに、殺風景な部屋が見えた。家賃のたまったこの部屋、それに妻と子供たち。彼にあるのはそれだけだ。そして彼はいまその部屋を出て、女房子供の食べ物を手に入れようと夜の街へ出ていこうとしている。今日《きょう》びの労働者のように機械仕事に行くのではなく、昔ながらの、原始的な、堂々とした、動物的なやり方で、力ずくで戦ってそれを手に入れようとしている。

「やっつけなきゃ」と彼はもう一度言ったが、今度はその声に絶望の響きがこもっていた。

「勝てば三十ポンドだ、ツケを全部精算してもまだたっぷり残る。負けたら何ももらえない。帰りの市電代だってない。負け側の分はもうもらっちまったからな。じゃあな、行ってくる。勝ったらまっすぐ帰ってくるからな」

「寝ないで待ってるわ」と、廊下に出た彼を送り出しながら妻は言った。

ゲイエティまではたっぷり三キロあった。歩きながら彼は、羽振りのよかったころなら――一時はニュー・サウスウェールズのヘビー級チャンピオンだったのだ――タクシーで試合に出かけるところだと考えていた。そのタクシー代だって、たいていは、彼にたっぷり賭けた後援者が一緒に乗って払ってくれた。トミー・バーンズもいたし、ヤンキーの黒人ジャック・ジョンソンもいた。みんなで車を乗り回したものだ。それがいまは歩いている！　そして、たっぷり三キロ歩くというのは、試合に備える最良の手段とはとうてい言えない。誰にだってわかることだ。彼はもう歳なのであり、歳の行った人間に世間は冷たい。いまの彼は、土方仕事くらいしか能のない役立たずであって、その仕事にだって、折れた鼻や膨れた耳が不利になったりする。何か手に職をつけていたら、と彼は我知らず考えていた。その方が長い目で見ればよかっただろう。でもそんなことは誰も教えてくれなかったし、言われてもどうせ聞きはしなかっただろうということは心の底でわかった。かつては何もかも、すごく簡単だったのだ。大金。壮烈な、華々しい試合。試合と試合の合い間はぶらぶら休んでいればよかった。取り巻き連中が熱心に追いかけ回し、みんなが彼の背中を叩き、彼と握手し、彼と五分間話したいばっかりに金持ち連中が喜んで酒をおごってくれた。勝利の栄光、絶叫する観衆、怒濤の結末、レフェリーの「キングの勝ち！」という声。翌日のスポーツ欄に名前が載る。

あのころはよかった！　だが、のろい、牛が反芻するような思考ながら、いまの彼には理解できた。あのころ自分は、歳の行った連中をやっつけていたのだ。彼は上り坂の若者、向こうは墜《お》ちていくしかない年寄り。簡単だったのも当然だ。相手はみんな、血管が膨れ上がり、指関節を痛めつけられ、長年戦いつづけてきたせいで骨の髄まで疲れていたのだ。ラッシュ＝カッターズ・ベイで老いたストーシャー・ビルを第十八ラウンドにノックアウトしたときのことを彼は思い出した。あのあとビルは、更衣室で赤ん坊のようにわあわあ泣いていた。もしかして家賃がたまっていたのだろうか。家には女房と子供たちが待っていたのだろうか。もしかしたら、まさにあの試合当日、ステーキを一枚食えたら、と思っていたかもしれない。ビルは試合を戦い、徹底的に打ちのめされた。自分も辛い目に遭っているいまの彼にはわかった。二十年前のあの夜、ストーシャー・ビルは、単に栄光とあぶく銭のために戦っている若きトム・キングよりずっと大きなものを賭けて戦っていたのだ。更衣室で泣いたのも無理はない。

そもそも人間みな、戦える試合の数には限りがある。それが鉄の掟だ。百戦しっかりやれる者もいれば、二十戦で尽きてしまう者もいる。それぞれが、体の出来、素質によって一定の数を与えられていて、それを戦ってしまえばもう終わりだ。たしかに、彼はたいていの人間より大きな数を与えられていたし、血のにじむような壮絶な試合を——心臓と肺がいまにも破裂せんばかりに酷使され、動脈の弾力性を奪い、若さゆえのしなやかで滑らかな筋肉を固い結び目に変え、神経もスタミナも消耗させ、脳と骨に過剰な努力と忍耐を強いて疲れはてさせてしまう試合を——人並以上にくぐり抜けてきた。そう、彼はほかの誰より立派にやってきた。昔の対戦仲間は一人も残っていない。彼はただ一人生き残った古強者《ふるつわもの》なのだ。仲間みんなが力尽きるのを彼は目にしてきたし、何人かが力尽きるにあたっては彼自身一役買っていた。

駆け出しのころ、彼は腕試しに年寄り連中をあてがわれ、一人また一人とやっつけた。老いたストーシャー・ビルのように彼らが更衣室で泣けばそれをあざ笑った。そしていま、自分が年寄りになって、連中は若造たちに彼をあてがっている。あのサンデルという奴。ニュージーランドでの実績をひっさげてやって来たが、オーストラリアではまったく未知数である。だからまずは老いぼれトム・キングとやらせてみるというわけだ。これでそれなりの力を見せれば、もっと強い相手を与えられて、賞金も高くなる。だから向こうはきっと必死に戦うだろう。勝てばすべてが手に入る——金も、栄光も、キャリアも。トム・キングは名声と富へ至る道を塞《ふさ》ぐ古びた木挽《こび》き台でしかない。彼が勝ったところで手に入るのは、大家と商人たちに払う三十ポンドだけだ。こう反芻するトム・キングの愚鈍な頭のなかに、若さというものの輪郭がくっきり浮かび上がった。輝かしい若さ、意気揚々と負けを知らず、筋肉はしなやかで肌は絹のように滑らか。疲れとも痛みとも無縁で、他人の限界を目にしてもただ笑うばかりの心臓と肺。そう、若さこそ人間最大の敵なのだ。若さは年寄りを破滅させ、そうすることによって、自らを破滅させていることに思い至っていない。若さは動脈を肥大させ指関節を叩きつぶし、やがて若さによって打ち砕かれる。若さはいつまでも若い。老いるのは老いた者だけだ。

カースルレー・ストリートで左に曲がり、四つ角を三つ過ぎるとゲイエティに着いた。入口の前にたむろしている若いごろつき連中が恭《うやうや》しく道を開けた。一人が仲間に「あれだ！　あれがトム・キングだ！」とささやくのが聞こえた。

中に入って、更衣室へ向かう途中、事務局長に出くわした。鋭い目をした、抜け目なさそうな顔つきの、まだ若い局長は彼と握手した。

「やあトム、どうだい調子は？」と局長は訊いた。

「ばっちりさ」とキングは答えたが、嘘だということは自分でもわかっていた。一ポンドあればいますぐ上等のステーキを一枚買うのに、と思った。

セコンドを従えて更衣室から出て、廊下を抜けて建物中央の四角いリングに出ると、待っていた観衆がわっと喝采の声を上げ、口々に彼の名を呼んだ。左右から送られてくる挨拶に彼もあごで挨拶を返したが、知っている顔はほとんどなかった。その大半は、彼が売り出し中のころにはまだ生まれてもいなかった赤ん坊の顔だった。一段高くなった舞台に彼は軽やかに跳び乗り、ロープをくぐって自分のコーナーに行き、折りたたみ式の丸椅子に腰を下ろした。レフリーのジャック・ボールがやって来て彼と握手した。ボールはもう戦えなくなったボクサーで、選手としてリングに上がらなくなってから十年以上経つ。ボールがレフリーでよかったと彼は思った。自分たちは二人とも年寄りだ。サンデル相手に少しくらい荒っぽい真似をやっても、ボールならきっと見逃してくれるだろう。

チャンスを狙う若いヘビー級ボクサーが次々リングにのぼり、レフリーから紹介を受けた。一人ひとりの賞金額もレフリーは口にした。

「ヤング・プロント」とボールは声を上げた。「ノースシドニー出身、勝てば賞金は五十ポンドです」

観衆が喝采を送り、サンデル本人がするっとロープをくぐってコーナーに座るとふたたび喝采が起きた。トム・キングはリングの向こう側から、好奇心とともにサンデルを見た。何といってもあと数分したらこの男と容赦なき戦いをくり広げ、双方とも相手を気絶させようと死力を尽くすことになるのだ。だがサンデルの体はほとんど見えなかった。相手も自分同様、リングのコスチュームの上にセーターを着てズボンをはいていた。サンデルの顔はハンサムでたくましさを帯び、もじゃもじゃのモップのような黄色い髪がその上に載って、太くたくましい首は体全体も見事であることを匂わせていた。

ヤング・プロントが一方のコーナーに行き、それからもう一方のコーナーに行って、それぞれの選手と握手してからリングを降りた。紹介は続いた。若者が次々ロープをくぐってくる。無名の、だが飽くことを知らぬ若者が、人類に向かって、我こそは力と技術を駆使してチャンピオンを倒してみせると宣言している。何年か前の、まだ無敵のころだったら、トム・キングもこんなものを見せられたところで退屈半分に面白がるだけだっただろう。だが今夜の彼は、魅入られたように見つめていた。若さが見せつける姿から彼は目を離せなかった。こうした若造たちは、いつの世にも次々と現われ、軽快にロープをくぐって、挑戦の言葉を叫ぶ。そしていつの世にも、年寄りは彼らの前でくずおれていく。若者は年寄りの体を踏み台にして成功の高みへのぼっていく。そして彼らはいつまでもやって来る。もっと多く、もっと多くの若者たち、飽きることを知らぬとどめようのない若造たち、それがつねに年寄りを葬り去り、いずれ自分も年寄りになって同じ下り坂を落ちていき、その背後からぐいぐいと、永遠の若さが迫ってくる、新しい赤ん坊たちがどんどん強くなって年上の者たちを引きずり下ろし、その背後にはさらなる赤ん坊たちが時の終わりまで続いている。若さは己の意志を満たさずにはいない。

若さは決して死なない。

キングは記者席にちらっと目をやり、『スポーツマン』紙のモーガンと『レフリー』紙のコーベットに会釈して、それから両手をつき出した。セコンドのシド・サリヴァンとチャーリー・ベイツがその手にグローブをはめてきつく縛り、それをサンデル側の、いましがたキングの指関節のテープを怪しむような目で点検したセコンドがじっと見守った。キング側のセコンドも一人、サンデルのコーナーに行って同じ役割を務めていた。ズボンが脱がされ、サンデルが立ち上がると、セーターが頭の上からはがされた。見守っていたトム・キングは、そこに若さの化身を見た。胸は分厚く、腱は太く、白いサテンのような肌の下で筋肉は生き物のようにしなやかに動く。体の隅々まで生命がみなぎっていた。いずれは誰でも、長い戦いの最中に、その痛む毛穴からみずみずしさがじわじわと漏れ出ていく。若さはその代価を支払わされ、去っていくときは来たときよりほんの少し若くなくなっている。だがこの若者の生はまだそうしたことをいっさい知らずにいるのだ。

二人の男はたがいに歩み寄り、ゴングが鳴ってセコンドたちが丸椅子を手にリングから降りると、握手して、ただちに戦闘の態勢に入った。そしてサンデルはただちに、引き金につながった鋼とバネのように前に出てすぐに引っ込みふたたび前に出て、左のパンチを目に、右を肋骨に決めて、カウンターパンチをかわし、踊るように軽やかに下がってまた踊るように迫ってきた。彼はすばやく、狡猾だった。それは目もくらむパフォーマンスだった。場内にその動きを喝采する叫びが満ちた。だがキングは流されなかった。これまで彼は、あまりに多くの試合を、あまりに多くの若造を相手に戦ってきた。このブローの正体はわかっている。こんなにすばやい、手際のよいブローは脅威ではない。明らかにサンデルは、しょっぱなから飛ばそうとしている。無理もない。それが若者のやり方だ。狂おしく打ちかかり、烈しく攻め、己の華麗さ、見事さを惜しげもなくさらけ出し、あり余るほどの力と欲望を見せつけて相手を圧倒しようとするのだ。

サンデルがまた前に出て、うしろに引く。左、右、至るところ、軽やかなフットワークで元気一杯動き回る。白い体と、刺すがごとき筋肉とから成る生きた驚異、それが自らを編み上げ、目もくらむ攻撃の織物に仕立てる。機織機《はたおり》の梭《シャトル》のように横に縦に跳んで、次々に違った動きをくり出し、それら一つひとつすべてがトム・キングを、自分と富とのあいだに立ちはだかる邪魔者を破滅させんとしている。そしてトム・キングは辛抱強く耐えた。どうしたらいいかは心得ている。若さが自分のものではなくなったいま、彼は若さというものを理解していた。ここはとにかく、相手がある程度息切れしてくるのを待つしかない。ダックして強いブローをわざと頭のてっぺんで受けたとき、彼は一人ほくそ笑んだ。意地の悪い手口だが、ボクシングのルールからすれば完璧にフェアなやり方である。自分の指関節は自分で護るしかない。相手の頭のてっぺんを打つのは勝手だが、関節を傷める危険も自分で引き受けるしかないのだ。もっと低くダックしてブローを完全にかわしてもよかったわけだが、自分がずっと前、〈ウェールズの脅威〉の頭を打って初めて指関節を傷めたときのことをキングは思い出していた。彼はただ勝負を戦っているだけだ。いまの一打で、サンデルの指関節のひとつは始末できた。もちろんいまのサンデルはそんなことを気にもしないだろう。何も心配せずどんどん攻めてきて、最初から最後まで目一杯打ってくるだろう。だがいずれ、長い戦いのくり返しがだんだんこたえてくるようになったとき、その指関節を彼は悔やむだろう。過去をふり返って、トム・キングの頭を打ってそれを傷めたことを思い出すだろう。

第一ラウンドは圧倒的にサンデル有利で終わった。場内の誰もが、彼のつむじ風のような動きのめまぐるしさに合わせて喚声を上げていた。なだれのようなパンチをサンデルはキングに浴びせ、キングは何もしなかった。一度たりともパンチを打ち込まず、相手のブローからわが身をカバーし、ブロックし、ダックし、クリンチして、ひたすらダメージを避けることに終始していた。時おりフェイントをかけ、パンチの重みを受けると首を横に振り、鈍そうに動くだけで、決して跳んだりはねたり、少しでも力を無駄遣いするようなことはしなかった。まずはサンデルに若さのあぶくを吐き出させて、それからじっくり、長年の経験を活かして反撃にかかるのだ。キングの動きは何もかもゆっくりとしていて、秩序立っていた。瞼の重い、ゆっくり動く目は、彼を半分眠っているように、ぼうっとしているように見せていた。だがそれはすべてを見ている目だった。二十数年リングに立ってきて、すべてを見るよう鍛えられてきた目だった。迫ってくるブローを前にしてひるんだり揺らいだりもせず、冷静に見て、距離を測っていた。

一ラウンド目が終わって、コーナーで座って休むあいだ、彼は両脚を前にのばして体をうしろに倒し、直角に交わる二本のロープに両腕を引っかけた。胸と腹を見るからに大きく上下させながら、セコンドがタオルで送り出してくれる空気を吸い込んだ。目を閉じて、観客たちの声に耳を澄ました。「トム、何で戦わないんだ?」何人もがそう叫んでいた。「まさか、あいつが怖いんじゃないだろ?」

「もう筋肉に弾力がないんだよ」と、最前列の誰かが評するのが聞こえた。「あれ以上速くは動けないのさ。二対一で、サンデルに賭けるぞ」

ゴングが鳴って、二人の男はコーナーから出ていった。戦いを一刻も早く再開しようとリングのたっぷり四分の三の距離を出てきたサンデルに対し、キングはもっと短く出るにとどめた。この方が、力をセーブする方針に適っている。トレーニングは十分でないし、食事も十分でないのだから、一歩一歩を大切にしないといけない。それにもう、ここまで三キロの道を歩いてきたのだ。このラウンドも第一ラウンド同様、サンデルはつむじ風のように攻めまくり、憤る観客は、なぜ戦わないんだとキングに非難の声を浴びせた。フェイントと、何発かゆっくりの効き目もないパンチを出した以外、キングはひたすらブロックし、クリンチし、時間を稼いだ。サンデルはペースを速めようと躍起になっていたが、キングはその手に乗らなかった。長年の試合で痛めつけられた顔に、切なげな悲哀に歪んだ笑みを浮かべ、老いた者のみが持ちうる用心深さで力を温存した。サンデルは若さそのものだった。若さ固有の、物惜しみせぬ奔放さで力をばらまきつづけた。リングをコントロールする力を、長く苦しい戦いから生まれた叡智を有しているのはキングだった。冷静な目と頭で観察し、ゆっくり動いて、サンデルからあふれ出るあぶくが消えていくのを待った。見ている者たちの大半にはキングの圧倒的不利と思え、彼らはその見解を、サンデルに三対一で賭けることで表明した。だが中には、かつてのキングを知る一握りの目利きの者たちもいて、彼らはもっけの幸いとばかりその賭けに乗った。

第三ラウンドも一方的にはじまり、サンデルがひたすらリードし、パンチをくり出した。三十秒が過ぎたところで、油断したサンデルにすきが生じた。キングの目が光り、同時に右腕が炸裂した。それは彼の、初めての本物のブローだった。腕をアーチ形に曲げて硬くしたフックに、くるっと半回転させた体の重みがしっかり載っていた。それはまるで、眠たげに見えたライオンがいきなり稲妻のごとく前足をつき出したかのようだった。あごの側面を打たれたサンデルは、若い雄牛のように倒れた。観客は息を呑み、畏怖の念に彩られた賞讃の声を漏らした。まだまだ筋肉に弾力は残っている。キングはまだ、ハンマーのようなブローをくり出せるのだ。

サンデルは動揺した。体を転がして立ち上がろうとしたが、あわてるな、休め、とセコンドから甲高い声で指示されて自分を抑えた。片膝をついて、立ち上がる態勢だけとって、レフリーが上から覆いかぶさるようにして耳もとでカウントを叫ぶのを聞いた。カウントが9まで来ると同時に、戦闘態勢で立ち上がった。ふたたびサンデルと向きあったキングは、あごの先端にもう二センチ近くパンチが決まっていたら、と悔やまずにいられなかった。そうすれば一気にノックアウトになって、女房と子供たちに三十ポンドを持ち帰れたのに。

第三ラウンドも終わりに近づき、サンデルは初めて本気でキングに接し、キングは相変わらず動きはゆっくり、目も眠たげだった。終了寸前、ロープのあいだから飛び込もうと背を丸めて待つセコンドたちの姿を目の端で見てゴングが近いことを悟ったキングは、自分のコーナー付近に戦いが来るよう巧みに操っていった。これによって、ゴングが鳴ったとたん、待ち構えていた丸椅子にキングは腰を下ろせたが、サンデルはリングを対角線上に横切って自分のコーナーまで歩いていかねばならなかった。ささいなことだが、大事なのはいろんなささいなことの積み重ねなのだ。サンデルはそれだけ多くの歩数を強いられ、それだけ多くのエネルギーを費やさねばならず、貴重な一分間の休憩の一部を失う。ラウンドがはじまるたびに、キングは自分のコーナーからのらくらと出ていって、相手がより大きな距離を進んでくるよう強いた。そしてラウンドの終わりにはつねに、戦いはキング側のコーナーで行なわれていて、彼はゴングと同時に腰を下ろすことができた。

さらに二ラウンドが過ぎるなか、キングは依然として力をため込み、サンデルは浪費した。ペースを速めようと迫ってくるサンデルに、キングは内心穏やかでなかった。相手が浴びせてくる無数のパンチは、実のところかなりの確率で効いていたのである。だがそれでもキングは、逃げるな、戦え、と若いせっかちな連中が叫ぶのをよそにのろのろしたペースを保った。六ラウンドに至り、ふたたび気を抜いたサンデルのあごに、ふたたびキングの恐るべき右フックが命中し、サンデルはふたたびカウント9まで待って立ち上がった。

第七ラウンドに入ると、サンデルの元気にかげりが見えはじめた。これまでにない厳しい戦いになることを、サンデルもいまや覚悟していた。トム・キングはたしかに年寄りだが、これまで出会ったどの年寄りよりも手ごわい。どこまでも冷静だし、ディフェンスはおそろしく巧みで、ブローは節くれだった棍棒なみのインパクトがあって、右でも左でもノックアウト・パンチを出せる。それでもなお、キングは打つのを極力控えていた。指関節が傷んでいることを彼は決して忘れなかった。最後まで指関節を持たせようと思うなら、出すパンチ一つひとつをきっちり効かせないといけない。コーナーに座って、ちらっと相手の方を見たとき、キングはふと、自分の知恵とサンデルの若さがあったらヘビー級世界チャンピオンだな、と思った。だがそうは行かない。サンデルは絶対に世界チャンピオンにならないだろう。奴には知恵が欠けている。知恵を手に入れるには、若さを代価に払うしかない。知恵が我がものになったときには、若さはもう、それを買うために費やされてしまっているだろう。

キングは知っている限りすべての手段を利用した。クリンチの機会は決して逃がさなかったし、その際、肩を相手の肋骨にぐいぐい食い込ませるよう努めた。リング上の哲学からすれば、ダメージから見て肩はパンチと同じくらい有効であり、効率から見ればパンチよりずっといい。そしてクリンチのたびに体重を相手の体にかけ、そのまま貼りついていた。当然レフリーが割って入って二人を引き離すわけだが、そのときにはサンデルも力を貸すことになる。サンデルはまだ休むコツを学んでいない。舞うように飛び出す腕と、しなやかに動く筋肉を使いたくて仕方ないものだから、キングがクリンチに持ち込み、肩を肋骨にぶつけて頭を左腕の下に押し込んでくると、ほぼ決まって右腕を自分の背中に回し、そこにつき出ているキングの顔を打った。これは気の利いた一打であり、観衆にはやんやの喝采を浴びたが、実は効き目はなく、したがって力の浪費だった。だが疲れを知らぬサンデルは、己の限界に気づいていなかった。キングは歪んだ笑みを浮かべ、粘り強く耐えた。

強い右パンチを、サンデルはくり返しボディに浴びせてきた。一見、キングにすさまじいダメージが及んでいるものと思えたが、目の利く長年のファンだけは、ブローが決まる直前、サンデルの二頭筋にキングの左グラブが手際よく触れているのを見逃さなかった。たしかにパンチは毎回決まっている。が、決まるたびに、その接触によって力は奪われているのだ。第九ラウンドに入ると、一分間に三回、キングの右フックのねじれたアーチがサンデルのあごに命中した。三回とも、サンデルの重い体がリングに沈んだ。そのたびにサンデルは9まで待ってから立ち上がった。動揺し、ふらついてはいたが、まだ元気だった。スピードはだいぶ鈍ってきていた。力もはじめほど無駄にしないようになっていた。戦うその顔もいまやぐっといかめしかったが、依然何より頼りにしているのは、自分の最大の武器たる若さだった。キングの武器は経験である。もうずいぶん前から、バイタリティが衰え活力が減じてくるにつれて、代わりに狡猾さを、長いキャリアから生まれた知恵を駆使し、細心の注意をもって力を管理してきたのだ。絶対に余分な動きをしないようになったのみならず、相手を巧みに誘って力を浪費させるすべも覚えた。何度も何度も、足、手、体を使ってフェイントし、サンデルが飛びのき、ダックし、打ち返すようおびき寄せた。自分は休み、相手には休む余地を与えなかった。それが老いの戦略だった。

第十ラウンド開始後まもなく、キングは相手のラッシュを顔面への左ストレートで止める戦法に出た。サンデルもこれに慎重に応じ、ダックして左をよけ、右フックを側頭部にくり出すようになった。位置が高すぎて致命的な力はなかったが、キングはそれでも、これを最初に受けたとき、覚えのある感覚に襲われた。意識不明の黒いベールが、胸のうちにすうっと降りてくるのだ。その一瞬、いや、一瞬のほんの何分の一かのあいだ、彼は存在しなかった。ある瞬間、相手が自分の視界から消え、背後に並んでこっちに見入っている白い顔たちも消えたが、次の瞬間には、ふたたび相手と、背後の顔たちが見えた。それはあたかも、少しのあいだ眠っていたのがいままた目を開けたかのようだったが、意識が飛んでいたのはこの上なく微小な瞬間だったから、ダウンするだけの時間はなかった。彼がよろめき、膝がくずおれるのを観衆は目にし、それから、彼が回復し、あごをより深く左肩にしまい込むのを目にした。

サンデルは何度かこのブローをくり返し、キングはやや朦朧とした状態がしばらく続いたが、やがてディフェンスの手段を、しかもカウンターになっている手段を編み出した。左でフェイントをかけながら半歩うしろに引くと同時に、右から渾身のアッパーカットを送り込むのだ。タイミングもぴったりで、すうっと上からダックしてきたサンデルの顔面をパンチは直撃し、サンデルは空中に飛び上がり、うしろにのけぞって頭と両肩からマットに倒れた。キングはこれを二度決め、それから一気に攻めてサンデルをロープに追いつめた。相手に休む暇も態勢を立て直すすきも与えず次々パンチを浴びせ、観衆は総立ちとなって、喝采の雄叫びが場内に轟きわたった。だがサンデルの体力、忍耐力は超人的だった。彼は両足で立ちつづけた。ノックアウトは目前と思え、戦いのすさまじさにあわてた警部が試合をやめさせようとリングサイドから立ち上がった。ゴングが鳴ってラウンドが終わり、サンデルはよろよろと自分のコーナーに戻って、大丈夫、まだやれる、と警部に言い張った。それを証明すべく、うしろ宙返りを二度やってみせたので、警部としても引っ込まざるをえなかった。

自分のコーナーに寄りかかって荒く息をしていたキングは、それを見てがっかりした。試合が強制的に中止になれば、レフリーとしてもキングに判定勝ちを与えざるをえず、賞金は彼のものとなったのだ。サンデルと違って、彼は栄光やキャリアのために戦っているのではない。三十ポンドのために戦っているのだ。そしていまサンデルは、一分間の休憩で力を取り戻してしまうだろう。

世は若者に仕える——この言い回しがキングの頭に浮かび、それを初めて聞いたときのことが思い出された。ずっと昔、自分がストーシャー・ビルを片付けた夜に、試合のあとで酒をおごってくれた金持ちが、彼の肩をぽんぽん叩きながらその一言を口にしたのだ。世は若者に仕える！　あの金持ちの言ったとおりだ。はるか昔のあの夜は、キング自身がその若者だった。今夜、若者は向かいのコーナーに座っている。自分はといえば、もう三十分も戦いつづけている老人である。もしサンデルみたいに戦っていたら、十五分と持たなかっただろう。そしていま、彼の力は戻ってこなかった。これまで律儀に働いてきてくれた動脈も、苛酷な試練に耐えてきた心臓も、ラウンド間の休憩中に力を取り戻す助けにはなってくれない。そもそもはじめから、十分な力などなかったのだ。両脚は重く、引きつりはじめていた。試合場まで三キロ歩いてきたのも間違いだった。そして、朝目覚めたときにたまらなく食べたかったステーキ。つけを拒んだ肉屋たちに対する、大きな、恐ろしい憎悪が胸のうちに湧き上がった。老いた男が十分に食べずにリングへ上がるのはつらい。一枚のステーキなんて大したものじゃない。値段にしてほんの何ペンスかだ。だが彼にとってはそれが三十ポンドを左右するのだ。

十一ラウンドの開始を告げるゴングとともに、サンデルは飛び出してきて、本当は持ち合わせていない潑剌ぶりを見せびらかした。キングにはその正体が見えた。ボクシングの歴史と同じくらい古いはったりだ。キングはまずクリンチで身を護り、離れ、サンデルに構える余裕を与えた。狙いどおりだった。キングは左でフェイントをかけ、サンデルからダックと、弧を描くフックを引き出してから、また半歩下がって顔面に力一杯のアッパーカットを浴びせた。サンデルはマットにくずおれた。キングはもう、サンデルに休む暇を与えず、自分もパンチを受けながらもずっと多くのダメージを与え、サンデルをロープに叩きつけ、フックを決め、ありとあらゆるたぐいのブローを打ち込んで、クリンチを引きはがし、さらにクリンチに持ち込もうとするサンデルをパンチで払いのけ、サンデルが倒れそうになってもまだ下からのパンチでつかまえ、すぐさまもう一方の手で、倒れようのないようサンデルをロープにつき飛ばした。

いまや場内は騒然としていた。誰もが彼の味方で、ほとんど全員がわめいていた。「行け、トム！」「そこだ！　やれ！」「あと一発だ、トム！　あと一発！」。怒濤のようなノックアウト、まさにそれを見るためにリングサイドの人々は金を払っているのだ。

そしてトム・キングは、三十分ずっと力をセーブしていたのとはうって変わって、いまや惜しみなくそれをこの攻撃へと、自分にはもうこれしか残っていないとわかっているものへと注ぎ込んだ。これが唯一のチャンス、もうあとはない。彼の力は急速に衰えてきていた。その最後のひとかけらが流れ出てしまう前に相手をダウンさせなくては。そして、次々に相手を打ち、痛めつけ、自分のブローの重みと与えたダメージの質を冷静に測っているさなか、サンデルをノックアウトすることがいかに困難かをキングは悟った。桁外れのスタミナと忍耐力、そしてそれは若者のみずみずしいスタミナと忍耐力だ。間違いない、こいつは有望だ。これは本物だ。こういう並外れて強壮な素材からのみ、チャンピオンは作られる。

サンデルはよろめき、ふらついていたが、キングの脚も引きつりかけ、指関節が痛みはじめていた。己を懸命に鞭打って激しいブローを送り出したが、その一つひとつが自分の手にもすさまじい苦痛をもたらした。いまやサンデルからはほとんど何のパンチも受けていなかったが、自分もサンデル同様どんどん弱ってきていた。パンチはしっかり決まっていたが、もはやそこに体重はかかっていなかったし、一発一発がありったけの意志を駆使した結果だった。両脚は鉛のように重く、目に見えて引きずっていた。この徴候を見てサンデルのファンたちは活気づき、声援を送りはじめた。

懸命に力をふりしぼって、キングは最後の攻撃に出た。ブローを二発続けてくり出す。まず左をみぞおちに——これはほんのわずか高すぎた——次は右のクロスをあごに。重いブローではなかったが、すっかり弱り朦朧としているサンデルはこれでダウンし、ぴくぴく震えて横たわった。レフリーが彼を見下ろして立ち、運命を左右するカウントをその耳に向けて叫んだ。カウント10の前に起き上がらねば、勝負は決まる。総立ちの観衆は息を呑んで見守った。キングは震える両足で立って休んだ。すさまじい眩暈《めまい》が襲ってきて、傾いだ顔、揺れる顔の海が眼前に現われ、耳には、あたかもはるか遠くから届くかのようにレフリーのカウントが聞こえてきた。それでもなお、勝利は自分のものだとキングは信じていた。これだけ打たれた男が起き上がれるはずはない。

起き上がれるのは若者のみである。そしてサンデルは起き上がった。カウント4で体を転がして顔を下に向け、手探りでロープにつかまった。カウント7でわが身を引っぱり上げて片膝をつき、頭をだらんと肩に載せた姿勢で休んだ。「ナイン!」とレフリーが叫ぶと同時にまっすぐ立ち上がり、左腕で顔を包み右で腹を包んでしかるべく防御の姿勢を採った。こうして急所は護った上で、クリンチに持ち込んで時間を稼ごうと、キングに向かってよろよろ進んできた。

サンデルが立ち上がると同時にキングは攻めに行ったが、くり出した二発のブローは腕でガードされて決まらなかった。次の瞬間サンデルはクリンチに持ち込んで必死にしがみつき、レフリーが懸命に両者を引き離した。キングも身をふりほどくのに力を貸した。若さの回復の速さを彼は知っていた。その回復さえ妨げられれば、勝利は自分のものだ。一発強いパンチを決めれば片がつく。もう勝負はこっちのものだ。彼はサンデルに作戦で勝ち、打ちあいで勝ち、ポイントで勝っている。サンデルはふらふらとクリンチから離れ、負けるか踏みとどまるかの線上に立っていた。一発まともなブローを喰らえば、ばったり倒れて、それっきり起き上がるまい。と、トム・キングは一枚のステーキのことを、ふっと湧いた恨めしい思いとともに思い出し、何としてでも送り出さねばならぬ最後のパンチにそのステーキの力が加わっていれば、と思わずにいられなかった。必死に自分を叱咤してブローを送り出したが、重さも速さも足りなかった。サンデルはよろめいたが、倒れなかった。よろよろとロープに後退し、つかまった。キングもよろよろとあとを追い、死のごとき苦悶とともにもう一発ブローをくり出した。だが体はもう彼を見捨てていた。残っているのは、戦おうとする知力のみであり、その知力も疲労で霞み、曇っていた。あごを狙ったブローは肩にしか届かなかった。もっと高くに行くよう意志の力をふり絞ったのだが、疲れた筋肉はその要求に応じられなかった。そしてそのブローのはずみで、キング本人がうしろによろめき、危うく倒れそうになった。いま一度、彼は必死に攻め込んだ。今回のパンチはまったく当たらず、すっかり力は尽きて、彼はサンデルの方に倒れ込んでクリンチし、床に沈み込まぬよう必死でしがみついた。

身をふりほどこうとはしなかった。もう力は出し尽くした。もう何もできない。世は若者に仕えたのだ。クリンチのさなかにも、サンデルが力を取り戻しつつあるのがキングにはわかった。レフリーが二人を押しのけるようにして引き離すと、若さが見るみる回復していくのをキングは目のあたりにした。一瞬一瞬、サンデルは元気になっていった。はじめそのパンチは弱く無効だったが、だんだんと硬く、正確になっていった。トム・キングの霞んだ目に、グラブをはめたこぶしが自分のあごに飛んでくるのが見え、彼は意志の力で片腕を上げてあごを護ろうとした。危険を目にして、意志の力で防御を図る。そこまではできても、腕はあまりに重かった。五十キロのおもりを付けられたみたいだった。言うことを聞いてくれぬ腕を、キングは魂の力で持ち上げようとした。それから、グラブをはめたこぶしが命中した。ぱちん、と火花が飛ぶように何かが切れるのをキングは感じ、同時に、闇のベールが彼を包んだ。

ふたたび目を開けると、彼は自分のコーナーにいて、観衆がボンダイ・ビーチの波のように怒号を上げているのが聞こえた。濡れたスポンジがうなじのすぐ上に押しつけられ、シド・サリヴァンが彼の顔や胸に冷たい、快い水を吹きつけていた。グラブはすでに外され、サンデルが上からかがみ込んで彼と握手していた。自分を負かした男に対して、何の悪意も感じなかったから、キングはぎゅっと握手を返した。ぼろぼろの指関節が悲鳴を上げた。やがてサンデルがリング中央に歩み出て、地獄のような喚声がぴたっと止むとともに、ヤング・プロントの挑戦を受けて立ち、賭け金を百ポンドに上げると宣言した。キングはうつろな思いで見守った。セコンドたちが流れる汗を拭い、顔を拭き、リングを去る支度を整えてくれるのをよそに、彼は空腹を感じた。じわじわ蝕むような普通の空腹ではなく、大きな眩暈、腹の底から体全体に伝わってくる震えだった。と、戦いの最中へと記憶が戻っていって、サンデルをあと一歩というところまで追い込んだ瞬間を彼は思い出した。ああ、一枚のステーキさえあれば！　決定的なブローに足りなかったのはまさにそれだ。そして彼は負けた。一枚のステーキがなかったせいで。

ロープのあいだをくぐらせようと、セコンドたちが彼の体をなかば支えるように包んだ。彼はそれを振りほどき、自力でロープをくぐって、どさっと床に飛び降り、中央通路の人波をかき分けるセコンドたちについて歩いていった。更衣室から街頭に出ようとすると、入口のところで一人の若者に声をかけられた。

「なんで追いつめたときに攻めなかったんだい？」

「ふん、死んじまえ！」とトム・キングは言って、階段を降りて歩道に出た。

四つ角のパブの扉がパッと開いて、中の明かりや、笑顔の給仕女たちが見えた。大勢の声が試合について語りあうのが聞こえ、カウンターの上で金がチリンと景気よく鳴るのが響いてきた。一杯飲んでいけよ、と誰かが声をかけてくれた。彼は目に見えてためらったが、結局断って先へ進んでいった。

ポケットには小銭一枚なかった。三キロの道のりはひどく長く感じられた。俺はもう本当に歳だ、そう思った。ドメイン公園を抜ける最中、不意にベンチに腰を下ろした。試合の結果を聞こうと、妻が寝ずに待っていると思うとたまらなかった。そのことが、どんなノックアウトよりつらかった。女房に合わせる顔がない、心底そう思った。

体中から力が抜け、体中がひりひり痛んだ。砕けてしまった指関節の痛みを思えば、たとえ土方の仕事にありついたとしても、つるはしやシャベルを握れるようになるには一週間かかるだろう。腹の底の空腹の震えが、彼を呪わしく苛んだ。みじめな気分に打ちのめされて、両目が濡れてきた。そんなことは初めてだった。キングは両手で顔を覆って泣いた。泣きながらストーシャー・ビルを思い出し、ずっと昔のあの夜にビルが自分に仕えたことを思い出した。哀れなストーシャー・ビル！　更衣室でビルが泣いたわけが、いまの彼にはわかった。

世界が若かったとき
When the World Was Young

I

男はこの上なく静かな、落着いた人物で、塀の上にしばし座って、何か危険が隠れている徴候はないかと湿っぽい闇に耳を澄ました。だがそうやって探りを入れても、見えない木々を抜けて漂ってくる風のうめきと、揺らぐ枝から下がった葉のそよぎ以外何も聞こえてこなかった。風を背に濃い霧が漂い、舞っていた。霧そのものが見えるわけではなかったが、湿気が顔に吹きつけてきて、いま腰かけている塀も濡れていた。

ついさっき、外側から音もなく塀のてっぺんにのぼった男は、いままた音もなく内側の地面に飛び降りた。ポケットから電気警棒を取り出したものの、使いはしなかった。足下は暗かったが、光を出したくはなかったのだ。ボタンに指を当てたまま警棒を持って、闇のなかを進んでいった。地面は柔らかく、踏むとふんわり凹んだ。絨毯のように敷きつめられた枯れた松葉、木の葉、腐葉土に、明らかにもう何年も誰一人足を踏み入れていなかった。歩いていくと葉や枝が体に触れたが、こう暗くては避けようもなかった。じきに、片手を前に突き出して手探りしながら歩くようになり、手は一度ならず大木のどっしりした幹に行きあたった。こういう木がそこらじゅうにあるのだ。それらの木々がぬっとそびえているのがいたるところで感じられた。彼をつぶそうとこっちへ身を乗り出している、ひどく大きなものたちに囲まれて、男は自分がおそろしく小さくなったような奇妙な感覚に襲われた。前方に屋敷があることはわかっていた。楽にそこへ行ける山道か、曲がりくねった小道がいずれ見つかるはずだ。

ある時点で、すっかり閉じ込められてしまった。四方どこを探っても幹や枝にぶつかるか、下生えの茂みに行きあたるばかりで、出口はどこにもないように思えた。そこでそっと明かりを点けて、足下の地面を照らしてみた。ゆっくりと、用心深く足の周りを照らしていくと、明るい白い光が、彼の行く手を妨げるものたちをくっきり浮かび上がらせた。巨大な幹が居並ぶなかにすきまがひとつ見えたので、そこを抜けていって、明かりを消し、頭上に葉が密に茂っていて霧の滴《しずく》からいまだ護られている乾いた足場を一歩一歩進んでいった。方向感覚には自信があったし、ちゃんと屋敷に向かっているという確信はあった。

それから、そのことが起きた——思いも寄らない、まったく予想外のことが。地面に向かって降りていった片足が、何か柔らかな、生きているものに行きあたって、その何ものかが、男に踏まれて、荒く鼻を鳴らしながら起き上がったのだ。男はパッと飛びのき、もう一度どこへでも飛び上がれるよう身をかがめた。体も気も張りつめて、未知のものが襲ってくる事態に備えた。しばし動かずに様子を見て、いったいどんな動物だろうと思案した。男に踏まれて起き上がったものの、相手はその後何の音も立てず動きもせず、きっとこっち同様に体も気も張りつめ身をかがめて様子を見ているにちがいない。耐えがたいほどの緊張が募っていった。電気警棒を前に突き出して、ボタンを押すと、そこにそれが見えた。男は恐怖の悲鳴を上げた。怯えた仔牛か仔鹿か、あるいは喧嘩腰のライオンであろうと、何が出てきても覚悟はあるつもりだったが、そこに見たものは覚悟していなかった。その瞬間、小さな電灯は、くっきりと白い光のなか、千年経っても忘れられない光景を浮かび上がらせたのである。それは巨体の、赤褐色の肌の人間だった。髪もひげも黄色、柔らかになめした鹿革靴《モカシン》をはいて山羊革とおぼしきものを腰に巻いている以外は何も着ていなかった。腕も脚もむき出しなら、肩と、胸の大半もむき出し。滑らかで毛のない肌は、陽や風にさらされて小麦色に焼け、その下のがっしりした筋肉は太った蛇のようにうねり、もつれていた。それでも、これだけなら、予想外ではあれ、男も悲鳴を上げはしなかっただろう。恐怖を喚《よ》び起こしたのは、その顔に広がる言葉にしようのない獰猛さ、光にひるみもしない青い目に浮かぶ獣のように残忍な表情、ひげや髪に絡まり貼りついた松葉、そして、かがみ込んでいまにも男めがけて飛びかかってこようとしているその恐るべき体全体であった。ほぼ一瞬のうちに、男はそのすべてを見てとった。男の悲鳴の余韻がいまだ響いているなか、それ《ヽ》が跳ね上がったので、男は警棒で思いきり打ちかかってから、地面に倒れ込んだ。それ《ヽ》の両足先と向こう脛に肋骨を打たれたのを感じて、男はさっと飛び上がってよけた。相手はそのままどさっと、下生えに着地した。

着地の音が止むと、男は動きを止め、両手両膝をついて待った。それ《ヽ》が動き回り、彼を探しているのが聞こえたので、これ以上逃げようとして居場所を知らせてはまずいと思ったのだ。動けばきっと、下生えから音が立ってしまい、相手は襲ってくるだろう。いったん拳銃を抜いたが、気が変わった。落着きを取り戻して、とにかく音を立てずに逃げようと考えた。何度か、それが茂みを叩いて彼を探すのが聞こえたし、彼同様それもじっと耳を澄ましている瞬間もあった。そこで彼は思いついた。自分の一方の手は、枯木のかたまりに触れている。そうっと、まず周りを探って腕を一杯に振れることを確かめてから、木のかたまりを持ち上げ、投げた。大きなかたまりではなかったから、遠くまで飛んでいって、藪のなかに騒々しく落ちた。それが藪に飛び込んでいくのを聞き届けると同時に、男はじわじわと這って逃げていった。両手両膝をついて、ゆっくり用心深く這っていき、やがて両膝とも湿った腐葉土にぐっしょり濡れていった。耳を澄ますと、うめくような風の音と、木々の枝から霧がぽたぽた垂れる音以外何も聞こえなかった。気を抜くことなく、まっすぐ立ち上がって、石の塀まで歩いていき、それを乗り越えて、外の道路に飛び降りた。

木立のなかを手探りで進んで自転車を出し、乗る態勢に入った。片足でギアを回して反対側のペダルをしかるべき位置に据えようとしたところで、重い体がどさっと、しかし軽快に飛び降りた音が聞こえた。男はそれ以上待たずに、地面を蹴って走り出した。両手でハンドルを握りしめ、サドルにまたがり、ペダルに足を掛けて勢いよく漕ぎはじめた。背後から、道路の土をどすどす打つ足音が聞こえたが、男は着実にその音から離れていき、無事逃げおおせた。だがあいにく、とっさに逃げた方向は、町から離れていく方向だった。このままでは山にのぼってしまう。この道をどこまで行っても横道がないことはわかっていた。町へ戻るには、あのおぞましい獣の横を抜けていくしかない。そんな度胸はなかった。三十分が過ぎて、上りがきつくなる一方の坂道で、男は自転車を降りた。念には念を入れて、道端に自転車を置き去りにし、そこにあった柵を越えて、山腹の牧草地とおぼしき場所に入っていき、新聞紙を広げてその上に座り込んだ。

「何てこった！」と男は声に出して言いながら、顔から汗と霧を拭った。

そしてもう一度、「何てこった！」と言って、煙草を巻き、どうやって町に帰るか思案した。だが男は何もしなかった。闇のなかであの道路を通ることだけは願い下げだと決めていた。男は頭《こうべ》を垂れて膝に載せ、うとうと眠って、夜明けを待った。

どれくらい経ったかはわからなかったが、コヨーテの子供がキャンキャン鳴く声で目が覚めた。あたりを見回すと、背後の小山のてっぺんにコヨーテの姿が見えた。夜の貌《かお》に変化が訪れたことを男は見てとった。霧はいまや晴れ、星と月が出ていた。風まで止んでいた。いまやあたりは、かぐわしいカリフォルニアの夏の夜に変容していた。もう一度うたた寝しようとしたが、コヨーテの鳴き声に邪魔された。半分眠った頭に、荒々しい、薄気味悪い単調な歌声が聞こえてきた。見ればコヨーテが、鳴くのもやめて山の頂に沿って逃げていく姿が見えた。その背後を、ぐんぐんと、もはや歌声も上げずに、さっき屋敷の敷地で出会った裸の生き物が走っていた。コヨーテはまだ幼い。追跡の情景が男のいるところから見えなくなった時点で、コヨーテはいまにも追いつかれそうになっていた。男は寒気《さむけ》を覚えたかのようにぶるっと震えて立ち上がり、柵を乗り越えて自転車にまたがった。いまがチャンスだ。怪物はもう、ミル・ヴァリーへ至る道に立ちはだかってはいない。

全速力で坂を走り降りていったが、底の曲がり道の、うっそうと陰になったところで穴に行きあたってしまい、頭から前方に投げ飛ばされた。

「今夜はとことんツイてないな」と男はぼやきながら、自転車のフォークの折れ具合を吟味した。

役立たずになった自転車を肩に背負って、とぼとぼ歩いていった。やがて石塀まで来て、自分が経験したことがなかば信じられない思いで、道の上に跡を探した。あった——モカシンの足跡、それも相当大きなやつの、爪先のところが土に深く食い込んでいる。かがみ込んでそれをしげしげと眺めている最中に、またあの気味悪い単調な歌が聞こえてきた。コヨーテが追われているところはさっき見た。自分もまっすぐ走って逃げるのでは望みはない。男はそれを試みもせず、道端の陰に隠れることにした。

そしてまた、裸の人間のように見えるそれが、すばやく軽やかに走ってくるのが見えた。走りながら、それは歌っていた。目の前でそれが立ち止まると、つかのま男の心臓が止まった。だが、男が隠れている場所に寄ってくる代わりに、それは宙に舞い上がり、道端に生えた木の枝を摑んで、猿のようにすばやく枝から枝に移っていった。そして塀を、てっぺんから優に三メートル以上高いところで飛び越えて、別の木の枝に移り、地面に飛び降りて姿を消した。何分か思案しつつ様子を見た末に、男はやっと町へ向かった。

Ⅱ

社長室への道をふさいでいるデスクに、デイヴィッド・スロッターは喧嘩腰で寄りかかった。ここはウォード&ノウルズ社、社長はジェームズ・ウォードである。デイヴは腹を立てていた。オフィスの誰もに疑り深げな目つきで見られ、いま前にいる男の目つきはとりわけ疑い深げだったのである。

「いいからミスタ・ウォードに伝えるんだ、大事な話があると」とデイヴは相手をせっついた。

「申し上げたとおり、社長はただいま口述中でして、どなたにもお目にかかれません」と答えが返ってきた。「明日おいでください」

「明日じゃ遅すぎる。いいから行って伝えてこい、生死を左右する問題だと」

秘書の男はためらい、デイヴはそのすきを突いた。

「昨日の夜、湾の向こうのミル・ヴァリーにいました、お知らせしたいことがあります、そう言えばわかる」

「お名前は?」と相手は訊ねた。

「名前なんてどうでもいい。向こうは俺のことを知らないんだから」

社長室に通されたデイヴは、いまだ喧嘩腰の気分だったが、速記者に向かって口述していた赤褐色の肌の大男が、回転椅子の上でくるっと身を回してこっちを向いたとたん、彼の態度は一変した。なぜ変わったのか、自分でもわからなかった。デイヴはひそかに自分に腹を立てた。「ミスタ・ウォードですか？」いかにも間の抜けた問いに、ますます自分が苛立たしかった。そんなことを訊くつもりは全然なかったのに。

「そうです」と答えが返ってきた。「で、あなたはどなたかね？」

「ハリー・バンクロフトです」とデイヴは嘘をついた。「名前はどうでもいいんです、旦那はあっしのことをご存じありませんし」

「昨日の晩、ミル・ヴァリーにいたそうだな」

「旦那、あすこに住んでらっしゃいますよね？」とデイヴは問いを返し、疑い深げな目で速記係の方を見た。

「いかにも。用件は何だね？　私は大変忙しいんだ」

「できれば内密にお話ししたいんですが」

ウォード氏はさっと鋭い目でデイヴを見て、しばしためらい、それから肚《はら》を決めた。

「下がってよろしい、ミス・ポッター」

若い女は立ち上がり、紙をかき集めて部屋から出ていった。デイヴはいぶかしむような目でウォード氏を見たが、やがて相手が、まとまらぬ彼の思考をさえぎった。

「それで？」

「昨日の夜、ミル・ヴァリーにおりまして」とデイヴはしどろもどろに切り出した。

「それはもう聞いた。何の用かね？」

それからデイヴは、信じがたい、だがますます募っていく確信に包まれて、話を進めた。

「旦那のお屋敷にいたんです。つまり、敷地のなかに」

「何をしていた？」

「盗みに入りに行ったんです」デイヴは率直に答えた。「中国人の料理人と二人だけで暮らしてらっしゃると聞いたんで、こりゃあ好都合だと思いまして。でも結局盗みには入りませんでした。ちょっとした邪魔が現われたんです。ここへ来たのもそのためです。旦那に警告しに伺ったんです。旦那の敷地に、野蛮人がいたんですよ。まるっきりの鬼畜生です。あっしみたいな人間くらい八つ裂きにしちまいます。必死で逃げましたよ。服もろくに着てなくて、木に登らせりゃ猿なみ、走れば鹿といい勝負です。奴がコヨーテを追っかけてるところを見ましたよ。最後は見えなくなりましたが、もう少しで追いつきそうでした」

デイヴはそこで言葉を切って、自分の発言が効果を及ぼすのを待った。だが何の効果も生じなかった。ジェームズ・ウォードは静かな好奇心を示しただけだった。

「それはすごい。すごい話だ」とウォードは呟いた。「野人、かね。どうしてわざわざ言いにきたんだ？」

「危険をお知らせしようと思いまして。あっしもけっこうワルですが、人を殺したりはしません……つまり、必要もなしにね。旦那の身が危ないとわかったんです。それでお知らせしようと思いまして。いやほんとに、そういうことなんです。そりゃもちろん、わざわざご苦労さんってことで、なにがしかいただけるんでしたら、喜んで頂戴します。そういうことは考えてなかったと言ったら嘘になります。ですが、何もいただけなくても構いやしません。とにかく危険はお知らせしたわけですから、あっしとしてもやるべきことはやりました」

ウォード氏はしばし黙考し、机の上を指でとんとん叩いた。その手が大きく逞しいことにデイヴは目をとめた。色濃く陽に焼けてはいても、手入れは行き届いている。それにまた、さっき気づいたものにももう一度目を惹かれた。額の、一方の目の上あたりに、小さな肌色の絆創膏が貼ってあるのだ。それでもなお、否応なく強まってくる思いは、およそ信じがたい内容であった。

ウォード氏は上着の内ポケットから札入れを取り出し、紙幣を一枚抜いて、デイヴに渡した。懐《ふところ》にしまいながら、それが二十ドル札であることをデイヴは見てとった。

「ご苦労様」とウォード氏は言って、会見が終わったことを伝えた。「さっそく調べてみるよ。野人が野放しになっているとなれば、たしかに危険だからね」

ウォード氏の物腰のあまりの穏やかさに、デイヴの度胸が戻ってきた。おまけに、いましがた新しい仮説も思いついた。あの野蛮人はきっとウォード氏の兄弟で、ひそかに閉じこめられた狂人なのだ。そういう話は前にも聞いたことがある。たぶんウォード氏としても内密にしておきたいだろう。だからこそ二十ドルもよこしたのだ。

「で」とデイヴは切り出した。「考えてみると、あの野蛮人、旦那によく似ていて――」

言えたのはそこまでだった。そこまで言ったところで、デイヴは変身を目のあたりにした。気がつけば、自分が見入っているのは、昨夜と同じ、言葉にならぬほど獰猛なあの青い目であり、獲物を摑んで離さぬあの鉤爪《かぎつめ》のような手であり、いまにも彼に飛びかかってこようとしているあのすさまじい巨体だった。そしていまのデイヴには、投げつけるべき警棒もない。あっという間に両腕の二頭筋を摑まれ、その握りのあまりの強さにデイヴは痛みのうめきを上げた。大きくて白い、いまにも嚙みつこうとしている犬のような歯がむき出しになっているのが見えた。歯が喉に食い込まんと迫ってくるなか、ウォード氏のあごひげがデイヴの顔を撫でた。だが嚙まれはしなかった。代わりに、相手の体が鉄の抑制によってこわばるのが感じられ、次の瞬間、デイヴは投げ飛ばされていた――楽々と、しかし壁がなかったらどこまで飛んでいたかわからない勢いで。デイヴは息を詰まらせ、どさっと床に落ちた。

「どういうつもりだ、のこのこやって来て、ゆすりに来たのか?」ウォード氏が歯をむき出し、声を押し殺して言った。「さあ、金を返せ」

デイヴは何も言わずに札を返した。

「善意で来たのかと思ったが、これでわかった。二度と顔を見せるんじゃないぞ、今度来たら牢屋にぶち込んでやるからな。わかったか？」

「はい、わかりました」デイヴは喘ぎあえぎ答えた。

「じゃあ帰れ」

そしてデイヴは、それ以上一言も言わずに帰っていった。両の二頭筋をものすごい力で締めつけられたせいであざができていて、耐えがたいほど痛かった。ドアの把手に手をかけたところで、呼び止められた。

「お前は運がいいぞ」とウォード氏が言うのが聞こえた。その顔も目も、残酷で、さも満足そうで、得意げだった。

「お前は運がいいぞ。こっちがその気になったら、その腕から筋肉を引き裂いて、そこのクズ籠に放り込むくらい訳ないんだからな」

「はい、旦那」とデイヴは言った。相手の言葉を信じて疑わぬ声だった。

ドアを開けて、社長室を出た。秘書が探るような目で彼を見た。

「何てこった！」デイヴはそう漏らしただけで建物から出ていき、この物語から出ていった。

Ⅲ

ジェームズ・J・ウォードは四十歳になる裕福な実業家であり、ひどく不幸な人物であった。

四十年にわたって彼は、自分という人間そのものである問題、歳とともにますます深い苦悩の種となっている問題を解決しようと空しくあがいてきた。彼の内にあって、ウォードは二人の人間であった。時間的に言えば、これら二人は何千年も隔たっていた。二重人格の問題に関して彼は、おそらくこの複雑かつ神秘的な分野におけるトップクラスの専門家たちより綿密に研究してきた。彼の内にあって、ウォードは記録に残るどの症例とも異なっていた。作家たちの奇想天外な想像力さえも、彼とぴったり同じような存在に思いあたってはいなかった。彼はジキル博士とハイド氏でもなければ、キプリングの「世界最高の物語」に出てくるあの不幸な若者とも似ていなかった。彼の二つの人格は、たがいにしっかり混じりあっていて、つねに自分と相手の存在を意識していたのである。

自分のもうひとつの自己を、ウォードは野人と規定した。何千年も前の原始的な状況の下で生きている未開人である、と。だがどちらが本当の自分で、どちらがもう一人なのか。それはどうにも決めようがなかった。彼はその両方、朝から晩までその両方なのだ。ごくまれに、もう一方の自分がやっていることを自分が知らぬこともあった。それにまた、古い方の自分がかつて生きていたであろう過去については、何の像も浮かんでこなかったし何の記憶も残っていなかった。古い方の自分は、いま現在に生きている。だがいま現在に生きながらも、その遠い過去にあったはずの生き方を生きたいという、抗いがたい欲求に駆られているのだ。

子供のころ、ジェームズは両親や家族医たちにとって頭痛の種であった。親も医者も、彼の突飛な行動の謎を解く鍵に、一歩たりとも迫れはしなかった。午前中にひどくよく眠ることも、夜になるとおそろしく活発になることも、彼らには理解できなかった。夜中に廊下をさまよったり、目もくらむような屋根にのぼったり、山の中を駆け回ったりする彼を見て、これは夢遊病だと皆は考えた。実のところはこの上なく目覚めていて、かつての自分の、夜の闇をさまよいたいという欲求につき動かされているだけだった。一度、ある愚鈍な医者に問われて、迷わず真実を告げたが、せっかくすべてを打ちあけたにもかかわらず、屈辱的にも、あっさり「夢」と片付けられただけだった。

日が暮れてきて晩が訪れるとともに、目が覚めてくる。そうなると、部屋を囲む四つの壁はわずらわしい邪魔に、束縛になった。闇のなかから、無数の声が自分にささやくのが聞こえた。夜は彼に呼びかけた。二十四時間のうちその時期、彼の本性は夜の徘徊者のそれだった。そのことは誰も理解していなかったし、彼も二度と説明しようとはしなかった。大人たちは彼を夢遊病者と分類して、それに則《のっと》って措置を、多くの場合無駄でしかない措置をとった。大きくなっていくにつれて、彼はだんだん狡猾になっていき、毎晩夜の時間の大半は、外に出てもう一人の自分を活かせるようになった。その結果として、午前中は眠った。昼前は勉強も学校もおよそ不可能であり、彼に何か教えようと思ったら午後に家庭教師が教えるしかないことがやがて判明した。現代の方の彼はそうやって教育され、発達していった。

だが、子供のころを通してずっと、彼は周りの人間にとって頭痛の種でありつづけた。小さな悪魔、残忍で性悪な鬼の子として通っていた。家庭医たちはひそかに彼を精神異常の変質者と断定した。数少ない友だちからはすごい奴と崇められたが、その友人たちもみな彼のことを怖がっていた。彼は誰よりも高くのぼり、誰より遠くまで泳ぎ、誰より速く走ることができた。誰よりも悪魔に近くふるまう彼に、喧嘩をしかけてくる者は一人もいなかった。そうするには彼はあまりに強く、恐ろしく、狂おしい怒りに包まれていた。

九歳のときに家出して近所の山に入り、夜ごと楽しく遊び回って、七週間経ってようやく発見されて家に連れ戻された。不思議だったのはその間彼がどうやって食いつなぎ、健康を保ったかであった。誰にもわからなかったし、彼も言わなかった——彼が殺した兎たちのことも、捕まえて貪り食ったウズラの親子のことも、侵入した農家の鶏小屋のことも、そしてまた、枯葉や草を敷いて作った、毎朝ぬくぬく快適に眠った洞穴のねぐらのことも。

大学に上がると、午前の講義では眠そうで愚か、午後は優秀という評判が立った。あとで参考書を読んだり級友からノートを借りたりして、呪わしい午前の授業はどうにか切り抜けた一方、午後の授業は晴れの舞台であった。フットボールでは恐怖の巨人として名をはせ、陸上競技のほぼ全種目において、時おり奇怪な狂暴さを露呈することを除けば、勝利はいつも確実だった。だがボクシングではみんな怖がって誰も対戦したがらなかったし、レスリングでも相手の肩に歯を食い込ませたのが最後の一戦となった。

大学を終えると、困りはてた父親に、ワイオミングにある牧場のカウボーイたちのもとへ送り込まれた。三か月後、剛毅《ごうき》なるカウボーイたちは音《ね》を上げ、野蛮人を引きとってくれと泣きつく電報を父親に送ってよこした。迎えに来た父親に彼らは、この髪を真ん中で分けた大学出の若者と過ごすくらいなら、遠吠えの声を上げる人食い人種、訳のわからぬことを喋りまくる狂人、跳ね回るゴリラ、ハイイログマ、人喰い虎と睦《むつ》んだ方がまだましだと述べた。

かつての自分が営んでいた生活の記憶の不在には、ひとつだけ例外があった。それは言語であった。先祖返りのメカニズムにおける何らかの気まぐれによって、かつての自分の言語の一部が、人種的記憶として彼に伝わっていたのである。幸福、高揚、戦いなどの瞬間、彼はしばしば、野性的で原始的な歌を歌い出した。これを通して、もう何千年も前に死んで土に還《かえ》ったはずの、さまよえる己の半身を、特定の時間と空間のなかに位置づけることもできたのである。こういう経緯だった。あるとき、そうした古《いにしえ》の歌をいくつか、古期サクソン語の授業を担当している、名声もある熱心な言語学者ヴェルッツ教授の前で丹念に歌ってみせたことがあった。最初の歌が聞こえたとたん、教授は耳をぴんとそばだて、いったいそれは何という雑種言語か、いかなる偽ドイツ語なのか、と問いつめた。二つ目の歌がはじまると、教授はすっかり興奮した。そしてジェームズ・ウォードは締めくくりに、激しい格闘や勝負に携わるたびにいつも我知らず口をついて出てくる歌を披露した。そこまで聞いたところで、ヴェルッツ教授は、これは偽ドイツ語ではなく大昔のドイツ語、大昔のチュートン語である、これまで学者たちによって発見され伝承されてきたいかなる例よりも古いものであると宣言した。ここまで古いとなると、教授自身にも理解できぬところが多かったが、教授の知る語形を不思議と偲ばせる音が歌には満ちていたし、それらの音を教授は、己の学識と直感によって掛け値なしの本物と判断した。どこで教わったかを言いたまえ、その歌が載っている貴重な本をぜひ貸してくれたまえ、と教授は迫った。そしてまた、君はなぜこれまでずっとドイツ語を全然知らないふりをしてきたのかね、と若きウォードを問いつめもした。だがウォードには己の無知を説明することも、本を貸すこともできなかった。何週間もさんざんすがり、頼み込んだ末に、教授は彼を忌み嫌うに至り、嘘つきと決めつけた。あらゆる言語学者が知り、夢見てきたいかなる文書よりも古い、その驚くべき文献を見せてもくれぬウォードを、とことん利己的な人間だと断じた。

だが、自分の半分は現代のアメリカ人であり、あとの半分は大昔のチュートン人だとわかったところで、この錯綜せる若者にとって何の足しにもならなかった。とはいえ、彼のなかの現代アメリカ人とて、決して弱虫ではなかった。彼は（かりに彼を「彼」として、いくらかなりともこれら二人の外に立つ存在として捉えることができればの話だが）二人の自分のあいだの調整、妥協を企てた。夜を徘徊し、もう一方の自分を午前中ずっと眠くさせてしまう野蛮人と、教養もあり洗練された、人並に暮らして恋愛もしたいし仕事にも携わりたいと願うもう一人とを両立させようと、午後と晩の早い時間は一方に与え、夜はもう一方に与えた。午前中と、夜の一部は、双方のための睡眠に充《あ》てられた。午前はベッドで文明人らしく眠った。夜は野獣のように眠った。デイヴィッド・スロッターが林のなかで彼を踏みつけたときも、そのようにして眠っていたわけである。

父親を説き伏せて資金を出してもらい、会社を設立した。商売の才を発揮して、会社は繁盛した。午後に仕事に専念し、午前中は共同経営者に任せた。晩の早い時間は社交生活にふり充てたが、九時か十時になるころには、抗いがたい落着かなさに襲われて人前から消え、翌日の午後まで姿を現わさなかった。友人や知人は、彼が一日の大半を運動に費やしているものと思っていた。それは間違いではなかったが、運動の中身は彼らが想像しうる域をはるかに超えていた。もしかりに、ミル・ヴァリーの山の上で彼が夜ごとコヨーテを追いかける姿を目にしたとしても、人びとは真相に思い至らなかっただろう。また、帆船の船長たちが、冬の寒い朝に、ラクーン海峡の荒波やゴート島とエンジェル島のあいだの岸から何マイルも離れた激流を一人の男が泳いでいるのを見たと言っても、誰一人本気にしなかった。

ミル・ヴァリーに立つ山荘に、料理人で何でも屋の中国人リー・シンを置いている以外、彼は一人で暮らしていた。主人の奇行を知りつくしているリー・シンは口止め料としてたっぷり給料をもらい、何ひとつ漏らしはしなかった。夜を堪能し、朝に眠り、リー・シンの作った朝食を済ませると、ジェームズ・ウォードは昼便のフェリーに乗って湾を渡ってサンフランシスコに行き、まず倶楽部に顔を出してから会社に出勤した。街じゅうの実業家と少しも変わらぬ、あくまで正常な、しきたりどおりのふるまいである。だが夕暮れが深まるにつれて、夜は彼に呼びかけてきた。五感すべてが鋭さを増し、落着かぬ気分が訪れた。聴覚が一気に高まり、夜の無数のざわめきが、胸躍る慣れ親しんだ物語を彼に語った。その場に誰もいないときは、狭い部屋のなかを、檻に入れられた野生動物のようにせかせかと歩き回った。

あるとき彼は、思いきって恋をしてみた。そしてその後二度と、そうした戯れを自分に許さなかった。自分が恐ろしくなったのである。何日ものあいだ、相手の若き令嬢は恐怖に怯え、その腕や肩や手首にはさまざまな青あざが残った。彼としてはあくまで優しく与えたつもりの、しかし夜遅い時間に与えすぎた愛撫の跡である。そこが間違いだったのだ。昼のうちに求愛していれば、物静かな紳士として求愛し、万事うまく行ったはずだ。夜になればそれが、暗いドイツの森に棲む、粗野な、他人の妻を平気で盗む蛮人のふるまいになり果てる。昼の求愛なら首尾よく遂行できるものと彼の叡智は判断した。だがその同じ叡智が、結婚などしようものなら恐ろしい破綻に終わるにちがいないと確信した。妻を娶《めと》って、その妻に日が暮れてから向きあうと思うと、心底ぞっとした。

そこで恋愛はいっさい避け、二重生活を統制し、商売で大きな利益を挙げ、縁談をまとめようとする母親たちや、目を輝かせいそいそと寄ってくるさまざまな年齢の令嬢たちから逃げ回った。リリアン・ガーズデールと出会ってからも、午後八時以後は絶対彼女と一緒に過ごさぬよう厳しく自分を監視し、毎夜コヨーテを追いかけ、森のなかのねぐらで眠った。その間ずっと、彼の秘密を知るのは、リー・シンのみであった……そこにいま、デイヴ・スロッターが加わったのである。目下彼が怯えていたのも、スロッターに二重人格を知られたことであった。

さっきは逆に脅かしてやったが、あの盗っ人がいつ人に話すかわかったものではない。奴が話さないとしても、遅かれ早かれ誰かに知られてしまうだろう。

かくしてジェームズ・ウォードは、己の半身たるチュートンの蛮人を制御せんと、新たな英雄的努力に乗り出すことになった。リリアンと昼間しか会わないという鉄則をきっちり守りとおしたおかげで、やがて彼女は、よかれあしかれ、ウォードの求愛を受け入れるに至った。彼としてはひそかに、切実に、「あしかれ」の方に転ばぬことを祈るばかりだった。この時期、試合を控えたいかなる拳闘選手も、己の内なる野人を鎮めようと努める彼ほどの厳しさと節制をもってトレーニングに励みはしなかった。何よりもまず、昼のうちに極力体を疲れさせて、夜の呼び声も聞こえず眠れるように図った。会社の仕事も休みをとって、遠くまで狩猟に出かけ、見出せる限り最高に険しい奥地まで鹿を――つねに昼のうちに――追っていった。夜になっても、疲れた体で家にいた。家のなかに運動器具を何十と導入して、普通ならひとつの動きを十回やるところを何百回とやった。さらにまた、妥協策として、二階に就寝用のベランダを作った。ここなら、せめてかぐわしい夜の空気を吸うことはできる。二重の網戸で囲んでいるおかげで森へも逃げられぬようになっていたし、毎晩リー・シンが外から鍵をかけて彼を閉じ込め、朝になってから出してくれた。

やがて八月のある日、ウォードはリー・シンに加えて臨時の召使を何人か雇い、ミル・ヴァリーの山荘でパーティを開いた。リリアンと、彼女の母と兄、その他共通の知人五、六人が招かれた。二日二晩にわたって、何もかもうまく行った。三日目の晩、十一時までブリッジをやってのけたウォードが自分を誇らしく思ったのも無理はなかった。落着かぬ思いは完璧に隠しおおせていた。ところがあいにく、リリアン・ガーズデールが彼の右側にいて、敵としてプレーしていた。彼女は華奢な花のようにか弱い女性であり、そのか弱さそのものが、夜の気分にあるウォードの怒りを募らせた。彼女を愛する気持ちが減じたわけではない。が、手をのばして彼女に摑みかかり、八つ裂きにしたい、そういう抗いがたい思いに駆られてしまうのである。特に彼女がブリッジでウォードに敵対し、優勢であるときには、その思いもいっそう強まった。

ウォードはディアハウンドを一匹家に入れていて、狂おしい思いに体がバラバラになってしまいそうなときは犬を撫でると気分も和らいだ。ふさふさした毛皮に触れると、緊張がすうっと解けて、晩の終わりまで演じきることができた。さもくつろいだように笑い、熱心かつ慎重にゲームに興じる主人が、実はすさまじい葛藤と戦っているなどと、誰一人思い至りはしなかった。

夜も更けて解散となると、彼は皆の面前でリリアンと別れるよう注意を払った。ひとたび就寝用のベランダに入って、出られぬように鍵をかけてもらうと、彼は運動量を二倍、三倍、さらには四倍に増やし、やっと疲れはててカウチに横たわり眠りを呼び寄せながら、特に頭を悩ませている二つの問題について考えた。ひとつは、こうした運動の問題であった。そこには逆説があった。このように過度の運動に励めば励むほど、彼の力はますます強くなってしまう。

たしかにこうすれば、夜に走り回るチュートン人の自分を疲れきらせることはできるが、それも単に、力がもはや抑えきれぬほど強くなり、彼を圧倒してしまう致命的な日を先延ばしにしているだけのように思えた。その日が来たら、力はかつてないほど恐ろしいものとなっているだろう。もうひとつは結婚の問題であり、暗くなってから妻を避けるためにいかなる策略を用いるべきかの問題であった。このように空しく思案しながら、ウォードは眠りに落ちていった。

さて、その巨大なハイイログマがその夜どこからやって来たかは長いあいだ謎であったが、折しもソーサリートで興行中であったスプリングブラザーズ・サーカスの人びとは、「ビッグ・ベン、捕獲された熊としては最大のハイイログマ」の行方を長いこと空しく探していた。サーカスを逃げ出したビッグ・ベンは、五百もの山荘や屋敷が織りなす迷路のなかから、ジェームズ・J・ウォードの地所を訪問先に選び出したのである。ウォード氏がそのことを悟ったのは、自分が我知らず立ち上がり、身を震わせ、気を張りつめ、胸には戦意をたぎらせ唇からは古の戦《いくさ》の歌が湧き上がった瞬間のことであった。外からは猟犬たちが狂おしく吠え立て、鳴く声が聞こえた。そのすさまじい轟きのただなか、ナイフで刺されたように鋭い、傷ついた犬の苦悶が響いてきた。ウォードにはわかった。あれは自分の愛犬だ。

スリッパをはこうと立ち止まりもせず、パジャマ姿のまま、リー・シンが丹念に施錠したドアを彼は叩き壊し、階段を駆け下りて夜の闇に飛び出していった。そして裸足で砂利敷きの車寄せに降り立つと、不意に止まって、階段の下の、慣れ知った隠し場所に手を入れて、節だらけの巨大な棍棒を取り出した。かつて山の中で夜ごと狂える冒険をくり広げた時期には欠かせぬお供だった棒である。犬たちが立てるすさまじい叫び声が近づいてくるとともに、彼は棍棒を振り回しながら、それを出迎えるべくまっすぐ藪のなかに飛び込んでいった。

騒ぎに目を覚ました客たちは、広々としたベランダに集まった。誰かが電灯を点けたが、たがいの怯えた顔以外は何も見えなかった。煌々《こうこう》と照らされた車寄せの向こうで、木々が真っ暗な闇の壁を形成していた。が、その闇のどこかで、恐ろしい戦いがくり広げられていた。動物たちのすさまじい叫び声や、低くうなって威嚇する声、激しく殴る音、重たい体に下生えがつぶされてガサガサ鳴る音が聞こえてきた。

戦いの波は木々のなかから流れ出て、見物人たちのすぐ下の車寄せにまで押し寄せてきた。そして彼らは見た。ガーズデール夫人は悲鳴を上げ、卒倒しかけて息子にしがみついた。リリアンは手すりにしがみつき——あまりに激しくしがみついたためその後何日もあざと痛みが指先に残った——恐怖の念に包まれて、黄色い髪に荒々しい瞳の、自分の夫となるはずの男と認知した巨人に呆然と見入った。男は大きな棍棒を振り回し、彼女がいままで見たどの熊よりも大きい毛むくじゃらの怪物を相手に、激しく、しかし冷静に戦っていた。熊の鉤爪が一度引っかいただけで、ウォードのパジャマのシャツが剝がれ、肌に血の縞が走った。

リリアン・ガーズデールの恐怖の大半は、彼女が愛する男を思っての恐怖であったが、と同時にかなりの部分、男自身によって引き起こされたものでもあった。自分の許婚《いいなづけ》の、糊のきいたシャツと型どおりの服装の下に、かくも恐ろしい、堂々たる野蛮人が隠れているなどと、夢にも思ったことはなかった。それに彼女はそれまで、人間がどのように戦うものか、考えたこともなかった。このような戦いは、およそ現代のものではありえない。だが彼女がいま見ている人間は、そんなことは彼女には知る由もなかったが、現代の人間ではなかった。これはサンフランシスコの名士ジェームズ・J・ウォード氏ではない。誰か名もない、粗野で野蛮な、おぞましい偶然の悪戯によって三千年の時を経てふたたび生を得た生き物なのだ。

狂える咆哮をひとときも休まぬまま、犬たちは戦いの周りをぐるぐる回ったり、さっと寄ったり離れたりして熊の気をそらした。そうした脇からの攻撃に応じようと熊が横を向くと、男は飛び込んでいって梶棒を振り降ろした。そうした殴打を浴びるたびに、熊は怒りも新たに突進してきた。男は犬たちにぶつからぬよう留意しつつさっと飛んでよけ、うしろに下がったり輪を描いて横に動いたりした。そこに生じたすきまに乗じて、犬たちはふたたび突っ込んでいき、熊の憤怒を自分たちの方にそらすのだった。

幕切れはあっけなく訪れた。ハイイログマがさっと身を翻し、大きく弧を描く平手打ちを一頭の猟犬に浴びせると、犬は肋骨も陥没し背骨も折れて五、六メートル飛んでいった。それを見て、人間の獣の怒りが爆発した。怒りに泡を吹く口から、言葉にならぬ狂おしい叫び声が上がり、獣は飛び出していって、両手で梶棒を振り上げ、二本足で立つハイイログマの脳天に力一杯叩きつけた。さすがの熊の頭蓋《とうがい》も、これほどの殴打には耐えられない。熊は倒れ、猟犬たちがいっせいに襲いかかった。犬たちがせかせか動き回るただなかで、男は熊の体の上に飛び乗り、電灯の白い光を浴びて、棍棒に体重をかけながら、知られざる言語による勝利の歌を歌い出した。それはこの上なく古い、ヴェルツ教授が十年の命を捧げても知りたく思うであろうほど古い歌であった。

客たちは彼を喝采し称賛しようと飛び出していったが、ジェームズ・ウォードは突如、大昔のチュートン人の目の端で、自分が愛する、色白でか弱い二十世紀の娘の姿を捉えた。そしてそのとき、脳のなかで何かがぱちんと切れるのがわかった。彼はよたよたと弱々しく彼女の方に寄っていき、棍棒を捨て、危うく倒れそうになった。何かがおかしくなってしまっていた。脳のなかに、耐えがたい激痛が走った。あたかも魂がバラバラに飛び散っているような気がした。興奮にギラギラ光る人びとのまなざしをたどって、うしろをふり向いてみると、そこに熊の死骸があった。その光景が彼を恐怖で満たした。彼は叫び声を上げた。皆に押しとどめられて山荘に導かれていなかったら、きっと逃げ出していただろう。

ジェームズ・J・ウォードは依然としてウォード&ノウルズ社の社長の座にある。だが彼はもはや山の中に住んでいないし、夜ごと月光の下でコヨーテを追ったりもしない。彼のなかの大昔のチュートン人は、ミル・ヴァリーでの熊との戦いの晩に死んだのである。ジェームズ・J・ウォードはいまや全面的にジェームズ・J・ウォードである。もはや自分の存在を、若かった世界から来た時代錯誤の放浪者と分けあったりはしない。かくしてジェームズ・J・ウォードは掛け値なしの現代人であり、したがっていまや、文明人を苛む呪わしい恐怖を嫌というほど知っている。いまや彼は闇を恐れ、森での夜は彼にとって底なしの怖気《おぞけ》の源である。都会にある彼の住居は一分の隙もなく整備され、泥棒を防ぐ装置に彼は大きな関心を示す。家じゅう電線が張りめぐらされ、就寝時間を過ぎて客が少しでも大きな息を立てようものなら、たちまち警報が鳴り響くことになる。また彼は、チョッキのポケットに入れて持ち歩ける、どんな状況でもすぐ使える、鍵の要らない数字合わせの錠を発明した。だが妻は彼のことを臆病者だと思ったりはしない。彼女はちゃんと理解しているのだ。そして、英雄の常として、すでに得た名誉に寄りかかることで彼は満足している。ミル・ヴァリーでの出来事を知る友人たちは、彼の勇敢さを決して疑ったりはしない。

生への執着
Love of Life

すべてが潰《つい》えてもこれだけは残る――
彼らは生き　賽《さい》を振った
得るものも大きいはずだ
賽子《さいころ》の金《きん》は失われようとも

足を引き引き、彼らは痛む体で土手を下っていった。先を行く方の男が一度、ごつごつ散らばった岩に足をとられてよろめいた。二人とも疲れ、弱っていて、その顔には長年苦難に耐えてきたことから生まれるやつれた忍耐が浮かんでいた。毛布で包んだずっしり重い荷を肩にしょっている。額に渡した頭帯《あたまおび》が、荷を支えるのを助けていた。二人ともそれぞれライフルを持っていた。前かがみの姿勢で彼らは歩いた。肩を前につき出し、頭をさらにつき出し、目は地面に向けて。

「あすこの隠し場に置いてある火薬、ここに二包みくらいあったらなあ」とうしろの男が言った。

男の声は完璧に、寒々と無表情だった。何の熱も込めず喋っている。前の男は折しも、岩の上で泡を立てている、乳色に濁った小川にふらつく足を踏み入れたところで、何の答えも口にしなかった。

もう一人の男はそのすぐうしろについて歩いていた。水は凍てつく冷たさで、あまりの冷たさに足首は疼き足先は麻痺していたが、二人とも靴を脱ぎはしなかった。ところどころで水は膝まではね上がり、二人は足場を失うまいとあがいていた。

うしろの男がつるつるの石に足を滑らせ、危うく転びかけたが、間一髪、痛さに悲鳴を上げながらもどうにか必死に踏みとどまった。頭がくらくらしている様子で、体をふらつかせながら、空気に支えを求めるかのように空いた方の手をつき出した。こうして態勢を立て直すと一歩前に踏み出したが、またもふらつき、転びかけた。やがてその場に立ちつくして、いっこうにふり返らぬ相棒の方に目をやった。

自分自身と議論しているかのように、男はまる一分くらい立ちつくしていた。それから、声を上げた——

「なあビル、俺、足をくじいちまったらしい」

濁った水のなかを、ビルはふらつく足どりで進んでいた。ふり向きはしなかった。ビルが離れていくのを男は見守り、顔は相変わらず無表情だったが、その目は傷ついた鹿を思わせた。

ビルは足を引き引き向こう側の土手を、ふり返らずにまっすぐのぼっていった。小川のなかにいる男はそれを見守った。男の唇が少し震え、その唇を覆っている粗い藁《わら》のような茶色いひげが見るからに揺れていた。舌まで出てきて、唇を濡らした。

「ビル！」と男は叫んだ。

それは強い人間が窮地に陥った際に上げる、相手にすがる叫び声だった。だがビルはふり向かなかった。男はビルが歩くのを見守った。グロテスクに足を引きずり、つっかえつっかえの歩みで、ゆるやかな坂をよろめきつつのぼって、低く広がる丘の滑らかな稜線に向かっていく。ビルがその頂を越えて見えなくなるまで、男は見守った。それからまなざしを戻し、ビルがいなくなったいま自分に残された世界をゆっくり見渡した。

地平線の近くで薄暗くくすぶる太陽は、輪郭もなく手で触《さわ》れもしないのに質感と密度だけは感じさせる靄《もや》と霧にあらかたかき消されていた。体重を一方の足にかけながら、男は懐中時計を取り出した。四時。いまは七月の末か八月のはじめだから――一、二週間のなかでの正確な日にちはわからなかった――太陽はだいたい北西にある。男は南を向いた。荒涼とした山の向こうにグレート・ベア湖があることが男にはわかった。そしてまた、同じ方角に、恐ろしい北極圏がカナダの荒野を貫くようにしてのびていることもわかった。いま自分が立っている小川はコパーマイン川の支流であり、そのコパーマイン川は北に流れてコロネーション湾と北極海に注ぐ。そこまで行ったことはなかったが、一度ハドソン湾会社の海図で見たことがあった。

男のまなざしがふたたび、自分の周りの世界をめぐっていった。それは元気づけられる眺めではなかった。いたるところふわっと稜線がのびていた。山はべったり低く広がっていた。木々もなく、藪もなく、草もなく、巨大な恐ろしい荒廃があるばかりで、それが男の目にすうっと恐怖の色を浮かび上がらせた。

「ビル!」と男は一度、二度小さく叫んだ。「ビル!」

あたかも周囲の広大さがぐいぐい迫ってきて、その無情なおぞましさでもって彼を押しつぶそうとしているかのように、乳白色に濁った水の真ん中で男は身をすくめた。そして悪寒に襲われたみたいにぶるぶる震え出した。やがて銃が手から落ちてバシャンとはねた。これで男も我に返った。恐怖と戦って、気を取り直し、水のなかをあちこち探って銃を取り戻した。荷を左肩にさらに深く掛け、その重みがくじいた足首に掛かりすぎぬようにした。それから、ゆっくりと用心深く、痛みに顔を歪めながら、土手に向かって歩き出した。

　立ち止まりはしなかった。狂気そのもののひたむきさで、痛みも構わず、そそくさと坂をのぼり、相棒がその向こうに消えた丘のてっぺんまで行った。その姿は、足を引き引きぎくしゃく歩いていた相棒よりもっとずっとグロテスクで滑稽だった。が、丘の頂にのぼりつめると、浅い、何の生命の徴候もない谷間が見えた。男はふたたび恐怖と戦い、それに打ち勝ち、荷をさらに左肩深くに引っかけて、よたよたと坂を下っていった。

　谷間の底はぐっしょり濡れていて、その水気を地表に生えた苔がスポンジのように吸っていた。一歩踏み出すごとに水が足の下から吹き出し、足を持ち上げるたびに濡れた苔がしぶしぶ足を放すかのようにズブッと音が立った。ミズゴケからミズゴケへと男はそろそろ進んでいき、相棒の足跡をたどって、苔の海のなかを小島のように貫くごつい岩棚にそって歩いてはそれを越えていった。

　独りきりではあれ、道に迷ってはいなかった。もっと先へ行けば、枯れてすっかり萎《しぼ》んだトウヒやモミの木が小さな湖の岸を縁どっていることを男は知っていた――ティチン・リチリー、土地の言葉で「小さな棒切れの地」。そしてその湖に、水の濁っていない小川が注いでいる。川にはイグサが生えているが――そのことははっきり覚えていた――木は生えていない。ちろちろと流れる水が分水嶺で尽きるまでたどっていくのだ。そして分水嶺を渡って、また別の小川が西へ流れはじめるところへ行って、それがディーズ川に注ぐまでたどっていく。そこに来れば、ひっくり返ったカヌーの下、石をたくさん積んだそのまた下に隠し場がある。そのなかに、いまは空っぽの銃に詰める弾薬があって、釣針、釣糸、小さな網、と獲物を殺したり捕えたりする道具が揃っている。それにまた、少しだが小麦もあるし、ベーコン一切れ、インゲン豆もいくらかあるはずだ。

ビルがそこで待っているだろう。二人でカヌーを漕いでディーズ川を南へ下り、グレート・ベア湖まで行く。そして湖を渡って、さらに南へ行き、マッケンジー川に着く。なおもずんずん南へ下って、冬が追いかけてきて傍流に氷が張り昼がしんと寒くなっていくのをよそに、どこかの暖かいハドソン湾会社の交易所にたどり着く。そこは木々が高々とのびていて、食べ物もたっぷりあるだろう。

頑張って先へ進みながら、男はそんなことを想っていた。体で頑張るとともに、頭でも同じく頑張って、ビルは自分を見捨てていないのだ、隠し場できっと待っているのだ、そう考えようと努めた。そう考えないわけには行かなかった。さもなければ頑張っても仕方なくなってしまい、男は横になって死んでしまうだろう。そして、太陽の薄暗い球がゆっくり北西に沈んでいくなか、追ってくる冬を逃れてビルと二人で南へ下っていくその一インチ一インチを何度も頭のなかでたどっていった。隠し場の食べ物、ハドソン湾会社の交易所の食べ物をくり返し思い描いた。二日間何も食べていなかったし、もっとずっと長いあいだ満腹だったことはなかった。何回もかがみ込んで青白いミズゴケの実を摘んでは口に入れ、嚙み、呑み込んだ。ミズゴケの実は少量の水に包まれた小さな種である。口のなかで水は溶け、種はピリッと苦い味がする。何の栄養もないことはわかっていたが、それでも男は、知識よりも大きな希望、経験を拒む願望とともに辛抱強く嚙みつづけた。

九時、ごつごつした岩棚で男は爪先を岩にぶつけた。すっかり疲れ、弱っていたせいで体はよろめき、倒れた。しばらくのあいだ、横向きに倒れたまま動かなかった。それから、荷の肩帯から腕を抜き、ぶざまな動きでどうにか上半身を起こした。まだ日は暮れておらず、残っている黄昏のなかで岩のあいだを探り、乾いた苔の切れ端を集めた。一山集まると、火を熾《おこ》し——くすぶり気味の、煙の多い火だった——ブリキの鍋で湯を沸かした。

荷を解《と》いて、まず最初にやったのがマッチを数えることだった。全部で六十七本あった。念には念を入れて三回数えた。それを三つに分けて、油紙で包み、一組を空っぽの煙草袋に入れ、別の一組はぼろぼろの帽子の内側の帯に、さらにもう一組はシャツの内側、じかに胸にしまった。これが済むと、パニックが男を襲い、全部開けてもう一度数え直した。やはり六十七本あった。

濡れた靴や靴下を火で乾かした。モカシンの革は水を吸ってびりびりに裂けていた。毛布地の靴下はところどころすり切れて穴があき、両足は皮がむけて血も出ていた。くじいた足首が疼くので、見てみると膝くらいの大きさに膨れ上がっていた。二つある毛布のうちのひとつを細長く引き裂いて、足首に固く巻きつけた。さらに何本か引き裂いて、モカシンと靴下両方の代用として両足に巻きつけた。それから湯気を立てている湯を飲み、時計のねじを巻いて、二枚の毛布のあいだにもぐり込んだ。

男は死んだように眠った。真夜中前後に短い闇が訪れ、去った。太陽が北西にのぼった――といっても灰色の雲に隠れて太陽は見えなかったが、とにかくその方角から夜が明けていった。六時に目が覚めた。男は静かに仰向けに横たわっていた。灰色の空をまっすぐ見上げ、腹が空いていることを意識した。体を横に回して肱《ひじ》をつくと、鼻を鳴らす大きな音にハッと驚かされた。雄のカリブーが一頭、油断ない好奇心でこっちを見ていた。十五メートルと離れていない。とたんに男の脳裡に、火の上でジュージュー焼けているカリブーの肉の光景と味が浮かび上がった。反射的に空《から》の銃に手をのばし、狙いを定め、引き金を引いた。カリブーは鼻を鳴らしてさっと飛びのいた。岩棚の向こうに逃げていくカリブーのひづめがカタカタ鳴った。

男は悪態をついて、空の銃を放り投げた。うめき声を上げながら、重い体を引っぱるようにして何とか立ち上がろうとした。それは緩慢な、骨の折れる作業だった。関節は錆びついた蝶番《ちょうつがい》のようだった。一箇所一箇所、ぎしぎしとさんざん摩擦を起こし、曲げるにも伸ばすにも意志の力を総動員せねばならなかった。やっとのことで立ち上がると、しゃんとまともに背をのばすのにさらに一分かそこらかかった。

小さな丘に這い上がって、あたりを見渡した。木もなく藪もなく、灰色の海のように苔が一面に広がり、灰色の岩や灰色の小さな湖や灰色の小さな川がわずかな彩りを添えるばかりだった。空は灰色だった。太陽も太陽の気配もなかった。北がどっちかはわからなかったし、昨夜ここまでどっちから来たかも忘れてしまっていた。だが道に迷ったわけではない。そんなことはない。じきに小さな棒切れの地に出るはずだ。それがどこか左のあたりに、さほど遠くないところにあるのが感じられた。ひょっとしたら、そこの丘のすぐ向こうかも。

戻っていって、先へ行くべく荷を整えた。マッチの包みがちゃんと三つあることは確かめたが、数えはしなかった。けれども、ずんぐりしたヘラジカ革の袋については迷い、考え込んだ。大きな袋ではない。両手で隠せる程度だ。重さが七キロばかりあることはわかっていて――荷物の残り全体と同じ重さだ――そのことが男を心配させた。とうとう、それを脇に置いて、荷を巻きにかかった。それから手を止め、ずんぐりしたヘラジカ革の袋を見やった。まるで周りの荒廃がそれを彼から奪いとろうとしているかのように、挑むような目であたりを見回しながらさっと袋を手にとった。難儀して立ち上がり、昼に向かってとぼとぼ歩きはじめたとき、袋は背中の荷のなかに入っていた。

斜め左に向かって進み、時おり立ち止まってミズゴケの実を食べた。くじいた足首はこわばり、足の引きずりもますますひどくなっていたが、その痛みも腹の痛みに較べれば何ほどでもなかった。空腹の苦痛はすさまじかった。それはギリギリ、ギリギリ彼を蝕み、そのうちに、小さな棒切れの地に着くためにたどるべき方角に気持ちを集中させることもできなくなってきた。ミズゴケではギリギリという痛みは和らがず、おまけに舌や口蓋がその不快な苦みにヒリヒリした。

　ある谷間に出ると、イワライチョウが翼をヒュウヒュウ鳴らして岩棚やミズゴケの沼から飛び上がっていた。カー、カー、カーと鳥たちは鳴く。男は石を投げつけたが、ひとつも当たらなかった。荷物を地面に下ろして、猫が雀に忍び寄るみたいに近づいていった。尖った岩が刺さってズボンを貫き、両膝に血の筋が残った。だがその痛さも空腹に埋もれて感じられなかった。濡れた苔の上で男は身をよじらせた。苔が服を隅々まで湿らせ体を芯まで冷やしたが男は意識していなかった。食べ物に焦がれる想いはそれほど強かった。そしていつもかならず、ライチョウは彼の目の前で、ヒュウヒュウ翼を鳴らして飛び上がり、そのカー、カー、カーはじき彼をからかう声としか思えなくなった。彼は鳥たちを呪詛し、彼らの叫び声に合わせて罵声を浴びせた。

　一度、眠っていたにちがいない一羽のすぐそばまで来た。ごつごつした凹みからその姿がパッと目の前に現われるまで男にも見えていなかった。男はあたふたと摑みかかり、鳥も劣らずあたふたと飛び上がった。手のなかには尾の羽根が三本残った。鳥が飛び立っていく姿を見送りながら、男はその鳥を、あたかもそれが彼に大きな不正を働いたかのように憎んだ。それから元に戻って、荷を背負った。

　一日が進んでいくなかで、もっと獲物の豊富な谷間や湿地に行きあたった。カリブーが二十頭あまり群れをなして、誘惑するように射程距離内を通りかかった。群れを追いかけていきたい欲求に男は駆られた。絶対追いついてつかまえられる気がした。黒ギツネが一匹、口にライチョウをくわえて寄ってきた。男は叫び声を上げた。何とも恐ろしい声だったが、キツネは怯えてさっと遠のいたもののライチョウを放しはしなかった。

午後も遅くに、石灰で濁った、ところどころイグサがまばらに生えた小川をたどっていった。イグサの根っこ近くをぎゅっとつかんで引っこ抜くと、釘ほどの大きさもない、若いタマネギのようなものが出てきた。汁気があって、男がかぶりつくとザクッと音が立ち、甘美な味を期待させた。が、繊維は堅かった。ミズゴケの実と同じで、水をたっぷり吸った糸のような繊維で、何の滋養もなかった。男は荷物を放り投げ、両手両足をついてイグサのなかに入っていき、ウシ科の生物のようにモグモグ、モゾモゾと嚙んだ。

ひどく疲れていて、何度も休みたくなった。横になって眠りたかった。だがつねに、先へ進まねばという気持ちに駆られていた。小さな棒切れの地に着きたいという欲求よりも、空腹につき動かされていた。小さな池で蛙を探し、地面を爪で引っかいて芋虫を探した——実はこんなに北には蛙も芋虫もいないことは知っていたのだが。

水たまりという水たまりを空しく覗いているうちに、長い黄昏が訪れたころ、そのうちのひとつに、ミノウくらいの大きさの魚がぽつんと一匹泳いでいるのを見つけた。片腕を肩まで水につっ込んだが、つかまらなかった。両手で摑みかかると、水底の濁った泥がはね上がった。興奮のあまり水のなかに落ちてしまい、腰まで濡れた。水はもう魚が見えないほど濁っていて、泥が沈むまで待つしかなかった。

追跡を再開すると、水はまた濁った。だが今度は待てなかった。ブリキのバケツを荷から外して、水を汲み出しにかかった。はじめはめったやたらに汲んで自分にもはねかけてしまい、水を放り投げる距離が短すぎてまた水たまりに戻ってしまったりした。落着けと自分に言い聞かせ、もっとていねいにやろうと努めたが、心臓は胸をドキドキ打ち両手はぶるぶる震えていた。三十分経って、水たまりの水はほとんどなくなっていた。カップ一杯分も残っていない。そして魚もいなかった。石のあいだに、隠れた割れ目がひとつあるのが見つかった。ここを通って隣の、もっと大きな水たまりに逃げていったのだ。まる一日かけても汲み出せない大きさだ。割れ目のことがわかっていたら、まずそこを石ころで塞いで、いまごろは魚を手に入れていたのに。

そう考えて、男はくずおれ、濡れた地面に座り込んだ。はじめはひっそり静かに泣いていたが、やがてわあわあ、彼を囲む無情な荒廃に向かって泣いた。そのあと長いあいだ、涙も涸れたしゃくり上げに身を震わせていた。

火を熾して、湯を何杯も飲んで体を暖め、昨夜と同じようにごつごつした岩棚で寝床を作った。最後にやったのは、マッチが濡れていないのを確かめることと時計のねじを巻くことだった。毛布は湿ってべとべとしていた。足首が痛みに疼いた。だが男の頭には、腹が空いているということしかなかった。落着かない眠りのなかでずっと、御馳走や宴会の夢を、ありとあらゆるやり方で供され並べられた食べ物の夢を見た。

冷えきった体で目が覚めた。気分が悪かった。地面と空の灰色はいっそう濃く、深くなっていた。身を切るような風が吹いていていて、初雪がふぶいて山の頂を白く染めていた。火を熾しまた湯を沸かしていると、周りの空気はどんよりと白くなっていった。それはなかば雨の、濡れた雪であり、雪片も大きくて湿っていた。はじめは地面に触れたとたんに溶けたが、ずんずん降りつづけて、やがて地面を覆い、火を消し、燃料代わりの苔を駄目にした。

これは荷を背負って進めという合図だと思ったが、どっちへ行ったらいいかわからなかった。小さな棒切れの地はもうどうでもよかったし、ビルのことも、ディーズ川のほとりのひっくり返ったカヌーの下の隠し場のことも頭になかった。男は「食べる」という動詞に支配されていた。空腹の狂気に彼は駆られていた。進んでいる方角にも、とにかく沼地の底を通っていられる限り注意を払わなかった。濡れた雪のなかを探るようにして水っぽいミズゴケの実を探し出し、手探りでイグサを引っこ抜いた。だがそれらは何の味もせず、食欲を満たすはずもなかった。酸っぱい味の雑草が見つかって、見つかるだけ全部食べた。といっても大して見つかりはしなかった。それは匍匐《ほふく》性の草で、何インチかの雪の下におおかた埋もれてしまっていた。

その夜は焚き火もできず、湯も沸かせず、毛布の下にもぐり込んで、切れぎれの、空腹に浸された眠りを眠った。雪は冷たい雨に変わった。何度も目が覚めて、上を向いた顔に雨が降ってくるのを感じた。夜が明けた。灰色の空、太陽は見えない。雨は止んでいた。空腹の鋭さは消えていた。食べ物への渇望に関する感覚が、枯れてしまっていた。胃には鈍い、重たい疼きがあったが、それほど気にならなかった。またまともに考えられるようになっていた。小さな棒切れの地と、ディーズ川べりの隠し場がふたたび主たる関心事となった。

毛布の一方の残骸を細長く引き裂いて、血の流れる足に巻いた。くじいた足首も締め直し、また一日歩く態勢を整えた。荷造りの段になって、ずんぐりしたヘラジカ革の袋を前にして長いこと考え込んだが、結局持っていった。

雪が雨の下で溶け、白いのは山の頂だけだった。太陽が出てきて、方角もわかるようになったが、いまや自分が道に迷ったことは自覚していた。おそらく、ここ何日かふらふら歩き回っているうちに、左にそれすぎてしまったのではないか。軌道を修正しようと、今度は斜め右に向かって進んだ。

空腹の苦痛はそれほどひどくなかったが、体が弱っていることはわかった。何回もくり返し立ちどまって休まざるをえず、そのたびにミズゴケの実とイグサを漁った。表面に細かい毛のようなものが生えたみたいに舌が乾いて大きくなったように感じられ、口のなかで苦い味がした。心臓もひどく厄介なことになっていて、何分か歩くたびに容赦なくドッキンドッキンと鳴り、それからいきなり早鐘のように打ってひどく痛み、そのせいで息が詰まり、頭がくらくらしていまにも失神しそうになった。

昼ごろに、大きな水たまりでミノウを二匹見つけた。水を汲み出すのは無理だったが、今回はもっと落着いていたので、ブリキのバケツでつかまえることができた。男の小指ほどの大きさもなかったが、取り立てて腹が減っているわけでもない。胃の鈍い痛みはますます鈍く、弱くなってきていた。何だかほとんど、胃が居眠りしているみたいだった。男は魚を生で食べ、おそろしく丹念に咀嚼《そしゃく》した。食べることはいまや純粋なる理性の営みだった。食べたいという欲求はまったくなかったが、生きるためには食べねばならないとわかっていたのだ。

夕方にミノウをさらに三匹つかまえ、二匹を食べて一匹は朝食用に取っておいた。あちこちに生えた苔も陽が出ていたおかげで乾き、湯を沸かして体を暖めることができた。その日は十五キロも進んでいなかった。次の日は、心臓の具合が許す限りで動き、八キロがやっとだった。けれど胃には少しも不快感はなかった。胃はもう眠ってしまっていた。そしてこのあたりは見知らぬ地域だった。カリブーの数も増えてきたし、狼も同じだった。狼の甲高い叫びが何度か、荒涼とした地の向こうから漂ってきた。一度など、三匹の狼が、男の行く手からすすっと逃げていくのが見えた。

ふたたび夜。朝になると理性もだいぶ戻ってきて、ずんぐりしたヘラジカ革の袋を縛りつけた革紐を男はほどいた。開いた袋の口から、粗い砂金と金塊が黄色く流れ出た。彼は金を大まかに二分して、一方を毛布の切れ端に包んで突き出た岩棚に隠し、もう一方を袋に戻した。残った一枚の毛布を引き裂いて、足に巻きつけた。銃はまだ手放さなかった。ディーズ川のほとりの隠し場まで行けば弾があるのだ。

霧の出ている日だった。この日、空腹がふたたび目を覚ました。体はひどく弱っていて、めまいに苛まれ時おり目が見えなくなるほどだった。つまずいて転ぶのも珍しくなくなっていた。あるときつまずいたら、転んだ先がライチョウの巣だった。孵《かえ》ったばかりの雛《ひな》が――まだ孵って一日というところか――四羽いた。一口分もないくらいの、点のように小さく脈打つ生命を、彼はがつがつ貪り食った。生きたまま口のなかに押し込み、卵の殻でも嚙むみたいにバリバリ嚙み砕いた。母鳥がけたたましい声を上げて周りを飛び回った。銃を棍棒代わりに使って叩き落とそうとしたが、よけられて届かなかった。石ころを投げつけると、一発がまぐれで当たって片方の羽が傷ついたが、鳥はパタパタと、損なわれた羽を引きずりながら走って逃げていった。男はあとを追っていった。

小さな雛たちは男の食欲を煽っただけだった。くじいた足首を引き引き、飛んだり跳ねたりしながら男は母鳥を追い、時おり石を投げ、嗄《か》れた声で叫んだ。またあるときは黙って跳ねていき、転ぶたびに厳めしい顔で根気よく身を起こした。めまいに圧倒されそうになると片手で目をごしごしこすった。

追っていくうちに、谷底の沼地を越えて、水を吸った苔の上の足跡に行きあたった。自分のではない――それは間違いない。きっとビルのだ。でもいまは立ち止まってはいられない。ライチョウは先を走っている。まずあれをつかまえるのが先決だ。そのあと戻ってきて調べればいい。

母鳥も疲れきっていたが、男も疲れきっていた。鳥は横たわってゼイゼイ喘ぎ、男は三メートル離れたところで横たわってゼイゼイ喘ぎ鳥の前まで這っていくこともできなかった。男が回復すると同時に鳥も回復し、伸びてくる飢えた手を逃れてパタパタ走った。追跡が再開された。夜の闇が訪れ、結局逃げられてしまった。弱ってふらつく身で男はつまずき、バッタリ顔から倒れて頬を切った。リュックは背中にしょっていた。男は長いあいだ動かなかった。それから横向きになって、時計のねじを巻き、朝までそのまま横たわっていた。

ふたたび霧の日。残った毛布の半分はすでに足を巻くのに使ってしまっていた。ビルのたどった道筋は見つからなかった。まあどうでもいい。とにかく男は空腹に苛まれていた。ただ——ただ——ひょっとしてビルも道に迷ったのだろうか？　正午が訪れるころには、荷物の重さがあまりの負担になっていた。男はふたたび金を半分ずつに分けた。今回は半分をあっさり地面にぶちまけた。午後になり、残り半分も捨てた。これで残ったのは、毛布半分と、ブリキのバケツと、ライフルのみ。

男は幻覚に苛まれはじめた。弾がまだ一発残っているはずだという確信が湧いてきた。ライフルの薬室に入っていて、なぜかいままで見逃していたのだ。その一方で、薬室が空っぽであることはずっとわかっていた。それでも幻覚はなくならなかった。何時間も幻覚を追い払いつづけた末、とうとうライフルを開けて、空っぽの薬室と向きあった。ひどく苦い失望を感じた——まるで、そこに弾があると本気で思っていたかのように。

三十分どうにか歩きつづけたところで、幻覚が戻ってきた。彼はふたたびそれと戦ったが、なおも幻覚は消えなかった。やがて、もう耐えきれなくなって、弾などないのだと確かめるためにライフルを開けた。何度か、頭はさらに遠くまでさまよい出ていった。男はただの自動人形と化して、ひたすら歩きつづけた。奇怪な思いや突拍子もない考えが蛆虫のように脳を蝕《むしば》んだ。とはいえ、こうした現実からの離脱は、いつもごく短時間しか続かなかった。胃を齧《かじ》る空腹の痛みにじき呼び戻されるのだ。一度、目の前に現われた光景に驚いて、そうした離脱から乱暴に引き戻され、危うく卒倒しそうになった。ふらつき、よろめき、酔っ払いが倒れまいとするみたいに体を揺らした。目の前に、馬が一頭立っていたのだ。馬！　自分の目が信じられなかった。両目とも濃い霧がかかっていて、チカチカきらめく光の点がそこに混じっていた。曇りを晴らそうとごしごし乱暴に目をこすると、眼前に、馬ではなく、大きなヒグマがいた。喧嘩腰の好奇心もあらわに、熊は男を観察していた。

ライフルを肩まで半分持っていったところで、男は思い出した。ライフルを下ろし、腰に掛けたビーズ付きの鞘《さや》から狩猟用ナイフを抜いた。目の前に肉が、命がある。ナイフの刃に親指を滑らせた。刃は鋭かった。刃先も鋭かった。熊に飛びかかって、殺すのだ。だがそこで心臓がドキン、ドキンと警告をはじめた。それから烈しい動悸が沸き上がり、ズキズキ打って、額が鉄帯で締めつけられるみたいに痛んだ。めまいがじわじわ脳にしみ込んできた。

捨て鉢の勇気も、恐怖の大波に追い出された。こんな弱った体で、熊が襲ってきたらどうする？　男は精一杯堂々とした姿勢をとり、ナイフをぎゅっとつかんで熊を睨みつけた。熊は二、三歩ぎこちなく前に出てきて、後ろ足で立ち上がり、一度試すようにうなり声を上げた。男が走ったら、熊も走って追ってくるだろう。だが男は走らなかった。いまや男は、恐怖のもたらす勇敢さから生気を得ていた。熊に負けず獰猛に、野蛮にうなり声を上げ、恐怖に声を与えた――生と深くつながった恐怖、生の一番深い根に巻きついた恐怖に。

威嚇のうなりを上げながらも、熊はじりじり横にそれていった。まっすぐ立った、恐れていないように見えるこの不思議な生き物に、熊の方も度肝を抜かれていた。だが男は動かなかった。彫像のように立ちつくしていた。やがて危機は過ぎ、男は震えの発作に屈して、湿った苔の上にへなへなと座り込んだ。

気を取り直して先へ進んだ。いまや新しい恐れが男を捉えていた。食べ物がないせいで何もせず死んでいくのが怖いのではなく、生き延びようとする意志の最後のひとかけらが飢えによって消滅してしまう前に何かにむごたらしく殺されてしまうのが怖いのだ。狼たちがあちこちにいる。荒涼とした地に彼らの遠吠えが漂い、その響きが空気そのものを、手にとれそうなほどはっきりした威嚇の生地へと織り上げている。そのあまりの生々しさに、男は我知らず両腕を掲げ、風に吹かれたテントの側面を押し戻すみたいに遠吠えを押し戻そうとするのだった。

時おり狼が、二匹か三匹ずつ、行く手を横切っていったが、彼らは針路を変えて男から離れていった。二、三匹では数が足りないし、それにいまはカリブーを狩っているのだ。カリブーは抵抗しないが、このまっすぐ立って歩く見慣れぬ生き物は引っかいたり噛みついたりするかもしれない。

午後遅くに、狼が獲物を殺して食べた骨が散らばっているところに行きあたった。この残骸は一時間前にはカリブーの子どもで、キーキー鳴いて駆け回り、元気一杯だったのだ。綺麗に食べつくされ、磨き込まれて見える骨を男は見つめた。そのなかに残った、いまだ死んでいない細胞生命をたたえて、骨はピンク色を帯びている。ひょっとしたら自分も一日が終わる前にこうなってしまうのか？　生とはそういうものではないか？　空しい、つかのまのもの。痛むのは生だけだ。死に痛みはない。死ぬことは眠ること。止むこと、休むことだ。ならばなぜ、死に甘んじる気になれないのか？

だが哲学問答は長続きしなかった。男は苔に座り込んで、骨を一本口にくわえ、いまだそれをかすかなピンク色に染めている生の滓《かす》を吸った。甘い、肉っぽい味はほとんど記憶のように淡く捉えがたく、男を憤らせた。骨を両あごではさみつけ、思いきり噛んだ。時に骨が割れ、時に歯が折れた。それから骨を岩の上に置いて石を叩きつけ、どろどろになるまで砕いて、飲み込んだ。急《せ》いていたせいで指まで叩いてしまったが、降りてきた石の下に捕らえられた指がさほど痛まないという事実に一瞬驚きを覚えた。

雪と雨の降る忌まわしい日が続いた。いつ野営を張り、いつ解いたか自分でもわからなかった。夜も昼と同じように移動を続けた。転ぶたびに休み、自分のなかの死にかけた生の灯が一瞬勢いを増していつもよりわずかに明るく燃えるたびに這って進んだ。男はもう、人間としては苦闘をやめていた。男を駆り立てているのは、いまだ死ぬことを望まない、彼のなかの生だった。苦しくはなかった。神経は鈍り、麻痺し、頭には奇怪な幻や甘美な夢が満ちていた。

だが男はなおもカリブーの子どもの砕けた骨を吸い、噛みつづけた。その一番小さなかけらまでも集めて、持ち歩いていたのである。もはや山も分水嶺も越えはしなかったが、広くて浅い谷間を流れる大きめの小川を本能的にたどっていった。その小川も谷間も目に見えてはいなかった。幻以外、何も見えていなかった。心と体が並んで、しかし別々に歩き、這った。両者を結ぶ糸はこの上なく細かった。

正気の状態で目が覚めた。ごつごつの岩棚に、仰向けに横たわっていた。太陽が明るく暖かく輝いていた。遠くの方でカリブーの子どもたちのキーキー声が聞こえた。雨や風や雪をめぐるおぼろげな記憶は意識にあったが、嵐に打たれていたのが二日間だったか二週間だったかはわからなかった。

しばらくのあいだ、動かずに横たわり、穏やかな太陽が降り注ぎ、みじめそのものの体を暖かさで満たしてくれるがままにしていた。いい天気だ、と男は思った。ひとつ、ここがどこだか考えてみるか。さんざん苦労して、体を横向けにした。見れば下には、広い澱んだ川が流れている。その見慣れなさが男をとまどわせた。ゆっくりと、その流れる先を目で追ってみた。侘しい、何もない山々のあいだを大きく弧を描いて流れている。こんなに侘しい、何もない、のっぺりした山々は初めてだ。ゆっくりと、慎重に、興奮も感じず、ごく軽い以上の興味もなしに、見知らぬ川の流れを地平線の方にたどってみると、まぶしい、きらきら輝く海に川が注いでいるのが見えた。それでも男は興奮を覚えなかった。珍しいなあ、と男は思った、幻だか蜃気楼だかが見えるとは——たぶん幻だ、俺の混乱した頭の悪戯だ。きらきら光る海のただなかに、一隻の船が停泊しているのを見て、思いは確信に変わった。しばらく目を閉じて、それから開けた。おかしいな、ずいぶんしつこい幻だ！　だがべつにおかしくはない。こんな不毛な地のただなかに海も船もありはしないことはわかっている。空っぽのライフルに弾が入っていないことがわかっていたのと同じだ。

背後から、鼻で息をするような音が聞こえた。半分息を詰まらせた、喘ぐような、咳き込むような音。体がおそろしく弱って、こわばっているせいで、男はひどくゆっくりと反対側に向きを変えた。手近には何も見えなかったが、辛抱強く待った。ふたたび、鼻から息をする音、咳込む音がして、五、六メートルも離れていないぎざぎざの岩二つのあいだに、一匹の狼の灰色の頭が見えた。尖った耳は、ほかの狼たちほどピンとしていない。目は潤んで血走り、頭はだらんと頼りなく垂れて見えた。陽を浴びて、狼はひっきりなしにまばたきをしている。どうやら病気らしい。男が見守る前で、狼はもう一度鼻で息をし、咳をした。

少なくともこれは現実だな、と男は思い、さっきは幻覚によって隠されていた世界の現実を見ようと、ふたたび体の向きを変えた。だが海は相変わらず彼方で輝き、船もはっきりその姿が見えた。じゃあやっぱりあれは現実なのか？　男は長いこと目を閉じ、考えた。そして悟った。自分はディーズ分水嶺からコッパーマイン谷へ向けて、北東に進んできたのだ。この広い、澱んだ川がコッパーマイン川であり、あのきらきら光る海は北極海だ。あの船は捕鯨船であって、マッケンジー川の河口から東へ——ずいぶん東へ——流れてきて、いまはコロネーション湾に停泊しているのだ。ずっと前に見たハドソン湾会社の海図を男は思い出した。何もかもがはっきりし、筋が通っていた。

体を起こして、身の周りのことに注意を向けた。足をくるんでいた毛布はもはやすり切れ、両足はぐじゃぐじゃの生肉と化していた。最後の一枚の毛布ももうない。ライフルもナイフも見当たらない。帽子もどこかで、内側の帯に入れておいたマッチともどもなくしてしまったが、胸にしまったマッチは、煙草袋と油紙とに包まれて無事乾いたままだ。時計を見ると十一時を指していて、まだちゃんと動いている。どうやらネジは忘れずに巻いていたらしい。

気持ちは落着いて、冷静だった。ひどく弱っているものの、痛みの感覚はなかった。空腹も感じなかった。食べ物のことを考えても快くすらなく、何をやるにせよすべて理性のみに導かれてやっていた。ズボンを下から膝のあたりまで引き裂いて、足先に巻きつけた。なぜかブリキのバケツだけはなくさなかったようだ。あの船まで行くのは、きっとひどく辛い道行きになるにちがいない。それに乗り出す前に、まずは湯を沸かそうと思った。

体の動きは緩慢だった。中風にかかったみたいにぶるぶる震えた。乾いた苔を集めにかかろうとすると、立ち上がれないことが判明した。何度もやってみたが、手と膝をついて這っていくしかなかった。一度、病気の狼のすぐそばを通りかかった。狼はしぶしぶ体を引きずって道を空け、いまや丸まる力さえないらしい舌で自分のあごを舐めた。その舌が、普通に元気な舌の赤色ではないことを男は目にとめた。黄色がかった茶色で、ザラついた生乾きの粘液が表面を覆っているようだった。

沸かした湯を一リットルばかり飲むと、今度は立ち上がれたし、瀕死の人間なりの歩き方で歩くこともできた。一分かそこらごとに休まざるをえなかった。足どりは弱々しく、覚束《おぼつか》なかったが、それは男のあとをのろのろついて来る狼もまったく同じだった。その夜、きらきら光る海が闇に消された時点で、一日でせいぜい六キロくらいしか海に近づけなかったことが男にはわかった。

夜通し、病気の狼の咳が聞こえていた。時おりカリブーの子どものキーキー声も聞こえた。男の周りじゅうに生命があった。でもそれは逞しい、元気に生きている生命だ。病気の狼が病気の人間から離れずにいるのは、人間の方が先に死ぬことを期待しているからだ。朝になって目を開けると、狼がこっちを、切なそうな、飢えたまなざしで見ていた。狼は背を丸めて立ち、みじめで打ちひしがれた犬みたいに尻尾を脚のあいだに入れている。冷たい朝の風にさらされて、狼はぶるぶる震えていた。男が狼に向かって、しゃがれた囁きでしかない声をかけると、狼は力なく歯を剝《む》いた。

太陽は明るくのぼり、午前中ずっと男は、輝く海に浮かぶ船に向かってよろけ、転びながら進んでいった。申し分ない天気だった。緯度の高い地方特有の、つかのまの小春日和。一週間もつかもしれないし、明日かあさってには終わっているかもしれない。

午後になって、誰かが通った跡に出た。それは人間が、歩いたのではなく手足で這って進んだ跡だった。たぶんビルだろうと思ったが、その思いはぼんやりした、怒りも喜びもない思いだった。好奇心もなかった。実際、気持ちとか感情とかいったものはもうなくなっていた。いまや痛みも感じなかった。胃も神経も眠ってしまっていた。それでもなお、自分のなかにある生が、男を駆り立てて先へ行かせた。男は疲れきっているのに、その生が死ぬことを拒んだ。生が死ぬことを拒んだがゆえに、男はなおもミズゴケの実を摘んで食べ、ミノウをつかまえて食べ、湯を沸かして飲み、病気の狼に目を光らせた。

這っていったもう一人の男が残した跡にそって進み、まもなくその跡の果てにたどり着いた。つい最近食べつくされたばかりと思しき骨が何本か、何匹もの狼の足跡が残る湿った苔の上に転がっていた。鋭い歯で食いちぎられた、男が持っているのと同じずんぐりしたヘラジカ革の袋がそこにあった。男はそれを手にとってみたが、弱った指には重すぎて持ち上がらなかった。ビルは最後まで金を手放さなかったのだ。ハハハ！　ビルの奴、いい気味だ。俺は生き延びて、きらきら光る海に浮かぶ船までこいつを運んでいくんだ。浮かれ気分で上げた男の声は、カラスの鳴き声みたいにしゃがれて、不気味だった。病気の狼もそれに加わって、陰鬱な吠え声を上げた。と、男は不意に笑うのをやめた。どうして笑ったりできるだろう——それがビルだったら、そこにあるピンクがかった白の、綺麗に食べつくされた骨がビルだったら、どうして奴のことをあざ笑ったりできるだろう？

男は顔をそむけた。たしかにビルは、彼を置き去りにして先へ行った。だがこの金を持っていくのはよそう。骨をしゃぶるのもよそう。立場が逆だったらたぶんビルはそうしただろうが、な、と男は重い体を引きずりながら考えた。

やがて、水たまりに出た。ミノウはいないかとかがみ込むと、男は何かに刺されたみたいにさっと首をうしろに引いた。水に映った自分の顔が見えたのだ。その顔があまりに恐ろしかったので、感覚がつかのま目を覚まし、男にショックを与えたのである。水たまりにはミノウが三匹いたが、水を抜くには水たまりは大きすぎた。ブリキのバケツでつかまえようと何度か空しく試みた末に、結局あきらめた。ひどく弱っているせいで、水に落ちて溺れてしまうのが怖かったのだ。同じ理由で、川の砂嘴《さし》に並んで転がっている流木にまたがって川を渡ることも控えた。

その日は、船までの距離を五キロばかり縮めた。次の日は、三キロ。もういまでは、ビルと同じようにすっかり這っていた。五日目の終わりになっても、船まではまだ十キロ以上あったし、いまや一日に一キロ半進むのが精一杯だった。それでも小春日和は依然続いて、男はなおも這っては気を失い、体の向きを変えた。その間ずっと、病気の狼はすぐうしろで咳をし、ゼイゼイ喘いでいた。男はもう膝も足同様に生肉のかたまりになっていた。シャツの背中で膝をくるみはしたものの、苔と岩の上に残していく跡は真っ赤だった。一度、ちらっとうしろをふり返ると、狼がその血に染まった跡を必死に舐めていた。それを目にして、自分の最期がどうなりうるかを男は見てとった。こっちから狼をやっつけない限り、それは避けられない。それからというもの、この上なく陰惨な、生存の悲劇が戦われた——這って進む病気の男と、びっこを引いている病気の狼。その二匹の生物が、荒涼たる地の上を、死にかけた己の体に鞭打って進みながらたがいの命を狙っている……。

　元気な狼だったら、男としてもそれほど気にならなかっただろう。だが、あのおぞましい、死んだも同然の奴の胃袋に収まるかと思うと、たまらなく嫌だった。この期《ご》に及んで、男はえり好みをしていたのである。頭がまた朦朧としてきて、幻覚に悩まされはじめ、明晰な時間はだんだん稀に、短くなっていった。

　あるとき、耳元でゼイゼイ息が聞こえて、気絶から目が覚めた。すると狼は力なくうしろに飛びのき、足を滑らせて力なく転んだ。何とも滑稽な姿だったが、男には面白くも何ともなかった。怖くすらなかった。もうそういう段階はとっくに通り越していた。だが当面頭は冴えていて、男は横になったまま考えた。船はあと六キロくらいのところまで近づいている。目をこすって曇りを取り除くと、はっきり向こうに見えた。小さなヨットもあって、その白い帆がきらきら光る海の水を二分しているのが見えた。けれど、自分はもう絶対、その六キロを這って進めはしない。それはわかっていた。そうわかっても、心はひどく穏やかだった。もう一キロだって這えやしない。それでもなお、男は生きていたかった。これだけ頑張った末に死ぬなんて、筋が通らない。運命にそこまで多くを求められる謂《いわ》れはないはずだ。死に近づいてゆくなか、男は死ぬことを承認しなかった。狂気の沙汰かもしれない。それでも、死にがっちり捉えられたいま、男は死に挑み、死ぬことを拒否した。

目を閉じて、この上なく慎重に、気持ちを落着かせた。おのれに鞭打って、満ちてくる潮のように体全体にひたひた上がってくる、すべてを押しつぶす気だるさに沈まぬよう頑張った。死に至る気だるさ、それはまさに海のように嵩《かさ》を増していって、男の意識をじわじわ溺れさせていく。時おりその海にほとんど身は沈んで、無意識状態のなかを、覚束ぬストロークで泳いでいた。そしてふたたび、何か未知の、魂の錬金術によって、さらなる意志の一切れを男は見出し、より力強く泳ぎ出ていくのだった。

動かずに仰向けに横たわっていると、じわじわと、少しずつ、病気の狼が息をゼイゼイ吸ったり吐いたりする音が近づいてくるのが聞こえた。さらに、なお近くに、無限の時間のなかを音は近づいてきたが、男はそれでも動かなかった。いまや音は男の耳元まで来ていた。ザラザラした、乾いた舌が男の頬に当たって、紙やすりのようにザラついた感触が伝わってきた。男の両手がさっと前に出た——あるいは少なくとも、両手をさっと前に出そうと男は意志を使った。指は鳥の爪のように曲がっていたが、それらの指が閉じると、からっぽの空気をつかんだだけだった。迅速に、確実に動くには力が要る。もうそんな力はなかった。

狼の辛抱強さは底なしだった。男の辛抱強さも等しく底なしだった。半日ずっと、男は動かずに横たわり、気絶しそうになるのと戦いながら、自分を食べようとしている、そして自分が食べようとしている相手を待った。時おり、気だるさの海に呑まれて、長い夢を見た。けれども、目覚めていても夢を見ていても、とにかくずっと、ゼイゼイいう息と、ザラついた舌の愛撫を待っていた。

息は聞こえなかった。男はゆっくりと、何かの夢から、手を舐める舌の感触へと移っていった。男は待った。牙が柔らかく押してきた。押す力が増していった。狼は最後の力をふり絞って、もう長いこと待ってきた食べ物に歯を食い込ませようとしているのだ。だが長いこと待ったのは男も同じだった。ずたずたに裂けた片手が、狼のあごを締めつけた。ゆっくりと少しずつ、狼が弱々しくあがき片手が弱々しく締めつけるなか、もう一方の手が忍び寄ってじわじわと摑んでいった。五分後、男の全体重が狼の上にのしかかっていた。両手には狼を絞め殺すだけの力はなかったが、男の顔は狼の喉にぴったりくっついて、口は狼の毛を一杯に頬張っていた。三十分経って、温かい液体がちろちろと自分の喉に流れてくるのを男は意識した。それは快い感触ではなかった。溶けた鉛を胃に押し込まれているかのようだった。それを押し込んでいるのは、ひたすら男自身の意志だった。やがて男はごろんと仰向けになり、眠った。

＊＊＊

捕鯨船『ベッドフォード』号には科学調査団が乗っていた。彼らは甲板から岸辺を見て、奇妙な物体を目にした。その物体は海岸を水の方に向かって動いていた。彼らはそれが何なのか分類できなかったが、何はともあれ科学に携わる身として、横づけしていた捕鯨用のボートに乗り込み、陸まで見に行った。そして彼らは、何か生きている、だがおよそ人間とは言いがたい物を目にした。それは盲目であり、意識も失っていた。何やら巨大な蛆虫のように、くねくねと地を這っている。その努力の大半はほとんど無駄に終わっていたが、意志はあくまで執拗であり、身をよじらせ、ねじり、おそらく時速六メートル程度の速さで前進していた。

＊＊＊

三週間後、男は捕鯨船『ベッドフォード』の寝台に横たわり、痩せこけた頬にさめざめと熱い涙を流しながら、自分が何者であっていかなる体験をくぐり抜けてきたかを物語った。男はまた、何の脈絡もなく、母親のことや、太陽あふれる南カリフォルニアのこと、そしてオレンジの木立や花々に囲まれたわが家のことを口走った。

その後まもなく、男は科学者集団や船の高級船員たちと食卓を共にするようになった。あり余る量の食べ物を前にして、さも嬉しそうに目を輝かせ、それがほかの男たちの口のなかに消えていくのを不安げに見守った。一口分が消えるたびに、深い落胆の表情がその目に宿った。男はまったく正気ではあったが、食事に同席するこれらの人びとを彼は憎んだ。食べ物がなくなるのではないかという恐怖に男はとり憑かれていた。食糧の貯えについてコックに訊ね、給仕に訊ね、船長に訊ねた。彼らは何度も何度も、大丈夫です、食べ物は十分にあります、と請けあったが、男はどうしても信じられず、こっそり食料貯蔵室に忍び込んでは自分の目で確かめるのだった。

男が太ってきたことを人びとは目にとめた。日に日に恰幅がよくなってきていた。科学者たちは啞然として首を横に振り、あれこれ仮説を立てた。食事の席で彼らは男が食べる量を制限したが、それでもなお男の胴回りは太くなっていき、シャツの下の腹はすさまじく膨らんだ。

水夫たちはニヤニヤ笑っていた。彼らは真相を知っていたのである。そして、男の行動を見張ってみると、科学者たちもじきに悟った。朝食のあと、男が前かがみにのろのろ歩いて、托《たく》鉢僧《はつそう》のように手のひらを差し出しながら水夫に声をかけるのを科学者たちは目撃した。水夫はニヤニヤ笑って乾パンのかけらを男に与えた。男は貪欲にそれを握りしめ、守銭奴が黄金を見るような目で見つめて、シャツのなかに押し込んだ。同じようにニヤニヤ笑うほかの水夫たちからの寄付も同じだった。

科学者たちは事を荒立てはせず、男の好きなようにさせておいたが、男の寝台をこっそり調べてはみた。寝台はびっしり乾パンに埋めつくされていた。マットレスにも乾パンが詰め込んであった。隅という隅、すきまというすきまが乾パンで埋められていた。それでも男は正気だった。彼はただ、次に訪れる飢饉に備えて用心しているだけだった。それだけのことだった。いずれ治るさ、と科学者たちは言った。そして、『ベッドフォード』号の錨がサンフランシスコ湾に下ろされるころには、事実男は治っていた。

訳者あとがき

四十一年に満たない短い生涯において、ジャック・ロンドンは苛酷な条件で働かされる児童労働者であり、牡蠣密漁者であり、逆に密漁者を取り締まる監視員であり、遠洋航海船の船員であり、全米を放浪するホーボーであり、全米の浮浪者を動員した「失業者軍」の一員であった。ゴールドラッシュが訪れればクロンダイクへ赴いて金を探し、独学でハーバート・スペンサーやマルクスやニーチェを学び、社会主義を標榜し、日露戦争を取材し、ハワイに旅し、カリフォルニアで牧場を経営し、結婚も二度した。

だが言うまでもなく、その行動的な人生の中心を成したのは、何と言っても執筆活動であった。「一日千語」のノルマを自分に課し、二十年近くの作家生活において、ジャーナリストとして多くの記事を寄稿し、『野生の呼び声』『白い牙』といった著名作品をはじめとする長篇小説も二十冊刊行したなかで、扱ったテーマの広範さは驚異的というほかなく、アール・レイバーによる列挙を借りるなら、「農業経済、アルコール依存症、動物心理・人間心理、動物調教、建築、暗殺、体外遊離、財閥、生態学、経済学、民話、金探し、貪欲、放浪、愛、精神遅滞、神話学、刑務所改革、政治的腐敗、拳闘、人種差別、革命、科学、SF、航海、貧民窟、社会主義、畜産、戦争、野生動物、そして文筆業」に及んだ。

多産な人生のなかでもとりわけ多産であった執筆活動のなかで、二百本に及ぶ彼の短篇小説をその中心に据える人も少なくない。印刷コストが安くなり、雑誌という媒体が大衆化していく流れのなかで、短篇作家ロンドンはその花形的存在だった（たとえば、一枚のステーキが買えず苦しい戦いを強いられるボクサーを描いた「一枚のステーキ」は、掲載時に五百ドルの収入をロンドンにもたらしている）。内容的にも、生きることを――相手が苛酷な自然であれ、ボクシングの対戦相手であれ、内なる他者であれ――基本的にひとつの長い苦闘と捉えていたロンドンの人生観が、凝縮された、かつ一本一本異なった多彩な形で表現された媒体として、短篇小説がひときわ重要であるのは疑いのないところだろう。

本書では、一本一本の質を最優先するとともに、作風の多様性も伝わるよう、ロンドンの短篇小説群のなかから九本を選んで訳した。また、同じテーマを扱っていても、人間が敗北する場合と勝利する場合のなるべく両方が示せるように作品を選んだ。まあ勝利とは言っても、いずれは誰もが自然の力に屈する生にあっては、一時的なものにすぎないのだが……ロンドンの短篇の終わり方は、個人的に非常に面白いと思っていて、時にはほとんど冗談のように、それまでの展開をふっと裏切って、ご都合主義みたいなハッピーエンドが訪れたりする。そうした勝利の「とりあえず」感が、逆に、人生において我々が遂げるさまざまな勝利の「とりあえず」さを暗示しているようでもいて、厳かな悲劇的結末とはまた違うリアリティをたたえている気がする。

ロンドンの文章は剛速球投手の投げる球のような勢いがあり、誠実で、率直で、ほかの作家ではなかなか得られないノー・ナンセンスな力強さに貫かれている。翻訳にあたっても、いつも以上に透明性をめざし、この作家の身上である勢いを削がないように努めたつもりである。

以下に各作品の初出を示す。

火を熾す　To Build a Fire: *Century Magazine*, 76（Aug. 1908）
メキシコ人　The Mexican: *The Saturday Evening Post*, 184（Aug. 19, 1911）
水の子　The Water Baby: *Cosmopolitan*, 65（Sept. 1918）
生の掟　The Law of Life: *McClure's Magazine*, 16（March 1901）
影と閃光　The Shadow and the Flash: *The Bookman*, 17（June 1903）
戦争　War: The *Nation*, 9（London; July 29, 1911）
一枚のステーキ　A Piece of Steak: *The Saturday Evening Post*, 182（Nov. 20, 1909）
世界が若かったとき　When the World Was Young: *The Saturday Evening Post*, 183（Sept. 10, 1910）
生への執着　Love of Life: *McClure's Magazine*, 26（Dec. 1905）

ロンドンの既訳は数多い。特に、本の友社から刊行されている、辻井栄滋《えいじ》個人訳による『ジャック・ロンドン選集』（全六巻）はロンドンの重要作品を数多く収めている。現在入手可能な翻訳としてはほかに、『野性の呼び声』（深町眞理子訳、光文社文庫）、『極北の地にて』（辻井栄滋・大矢健訳、新樹社）などがある。

本書の翻訳は、新たに訳した「世界が若かったとき」を除いて雑誌『Coyote』16号〜26号に掲載したものである。単行本化にあたっていずれも加筆した。連載の機会を与えてくださった『Coyote』編集長新井敏記さんと、編集を担当してくださった足立菜穂子さんに感謝する。単行本化にあたってはスイッチ・パブリッシングの笹浪真理子さんにお世話になった。作品の選択にあたっては、明治大学の大矢健氏の助言を仰いだ。またボクシングをめぐる表現に関しては、財団法人日本ボクシング・コミッションにご教示いただいた。みなさんにお礼を申しあげます。

初出一覧

※単行本化にあたって、加筆・訂正しています

火を熾《おこ》す　*Coyote*, 16
メキシコ人　*Coyote*, 18〜19
水の子　*Coyote*, 21
生の掟　*Coyote*, 20
影と閃光　*Coyote*, 22
戦争　*Coyote*, 17
一枚のステーキ　*Coyote*, 25〜26
世界が若かったとき　訳し下ろし
生への執着　*Coyote*, 23〜24

＊柴田元幸翻訳叢書　次巻　バーナード・マラマッド
（『Coyote』28号より連載中）

ジャック・ロンドン［Jack London］
1876年、サンフランシスコの貧しい家に生まれ、十代で漁船の乗組員として世界を転々とする。やがてゴールドラッシュにわくカナダ北西部のクロンダイク地方へ金鉱探しの旅に出る。そのときの越冬の経験が、後に高い評価を得る『野性の呼び声』や極北の自然を舞台にした小説の背景となっていく。『白い牙』や『ジャック・ロンドン放浪記』など多作で知られ、1916年40歳で他界するまで200以上の短編を残した。

柴田元幸［しばた・もとゆき］
1954年東京生まれ。東京大学教授、翻訳家。著書に『アメリカン・ナルシス』『翻訳教室』など。訳書にポール・オースター『幽霊たち』、ダイベック『シカゴ育ち』、パルバース『新バイブル・ストーリーズ』、ミルハウザー『ナイフ投げ師』など多数。2008年春、文芸誌「モンキービジネス」（柴田元幸責任編集）を立ち上げた。

柴田元幸翻訳叢書
ジャック・ロンドン
火を熾《おこ》す

2008年10月2日　第1刷発行
2020年6月27日　第6刷発行

著者
ジャック・ロンドン

訳者
柴田元幸

発行者
新井敏記
発行所
株式会社スイッチ・パブリッシング
〒106-0031　東京都港区西麻布2-21-28
電話　03-5485-2100（代表）
http://www.switch-store.net
印刷・製本
株式会社精興社

ISBN978-4-88418-283-0　C0097　Printed in Japan

スイッチ・パブリッシングの本

柴田元幸翻訳叢書 第２弾

喋る馬

バーナード・マラマッド

訳 柴田元幸

二十世紀米国を代表する作家、マラマッド。短いストーリーのなかに広がる余韻、苦いユーモアと叙情性、シンプルな言葉だからこそ持ちうる奥深さ……。長年マラマッドに魅了されてきた柴田元幸の名訳で贈る、滋味あふれる短篇集

定価：本体二一〇〇円（別途消費税）